AFORA, ADENTRO

AFORA, ADENTRO

Kiran Bhat

EDITORA Labrador

Copyright © 2019 de Kiran Bhat
Todos os direitos desta edição reservados à Editora Labrador.

Coordenação editorial
Erika Nakahata

Copidesque
Tamires Cianci von Atzingen

Projeto gráfico, capa e diagramação
Felipe Rosa

Revisão
Daniela Georgeto
Laila Guilherme

Acompanhamento editorial
Sarah Czapski Simoni

Imagens de capa
Freepik.com

Dados Internacionais de Catalogação na Publicação (CIP)
Angélica Ilacqua — CRB-8/7057

Bhat, Kiran
  Afora, adentro / Kiran Bhat. — São Paulo : Labrador, 2019.
  96 p.

ISBN 978-65-5044-057-2

1. Ficção brasileira I. Título

19-2861   CDD B869.3

Índice para catálogo sistemático:
1. Ficção brasileira

EDITORA
Labrador

Editora Labrador
Diretor editorial: Daniel Pinsky
Rua Dr. José Elias, 520 – Alto da Lapa
05083-030 – São Paulo – SP
+55 (11) 3641-7446
contato@editoralabrador.com.br
www.editoralabrador.com.br
facebook.com/editoralabrador
instagram.com/editoralabrador

A reprodução de qualquer parte desta obra é ilegal e configura uma apropriação indevida dos direitos intelectuais e patrimoniais do autor.

A editora não é responsável pelo conteúdo deste livro.
Esta é uma obra de ficção. Qualquer semelhança com nomes, pessoas, fatos ou situações da vida real será mera coincidência.

Sumário

Vocês, que acham sobre esta foto? 7

Depois, triste, com toda a letargia de fracasso em meus olhos,
eu fui a caminhar, a repousar a minha mente, sobre o estreitamento
ao lado do mar e perto dos arranha-céus 18

Será que o povo de nosso país seria compreendido algum dia, ou sempre
seríamos relegados a essas imagens de fomento e de guerra? 29

A gente não gosta de qualquer coisa que fazemos,
mas precisamos saber quando é necessário lutar ou
esperar outro momento para ganhar 41

Ser homem, um bom homem,
é um dos maiores prazeres do mundo 51

Eu achei que nunca poderia viver comigo mesma, mas, depois de
alguns meses, adquiri a coragem necessária e aprendi 62

Eu queria falar com ela, mas a
distância entre nós não permitiu 74

Embora fosse difícil, ela era a única pessoa
que me mantinha ligado a essa terra 86

Vocês, que acham sobre esta foto?

Sim, os dentes haviam podido ser mais limpos, mas eu não estava em contato com a minha filha, a sua mãe, durante a sua infância. O seu cabelo encaracolado parece que foi feito no salão, mas não foi, é totalmente genética. Como a sua cor de pele, como o formato de seu rosto. A única coisa que daria um enlace a nós seriam seus olhos, e realmente não parecem com os meus olhos; dá para dizer que eles tinham um quê de chinês. Mas ele é meu neto, acredita-me, e, sim, não o vi durante a maior parte de sua vida. A única prova que eu tenho da sua existência é uma foto, tirada em seus primeiros dias na escola primária. Segundo a sua mãe, isso teria acontecido por minha culpa, e, sim, eu diria que ela tem certa razão. Ou seja, tenho estado nesta terra há mais de oitenta anos. Eu era uma criança quando Salazar nos visitou como seu último bastião na Ásia, fui uma das primeiras adolescentes a visitar a Macau Grand Prix para ver as corridas. E eu estava no Largo do Senado quando os manifestantes derrubaram a estátua de Vicente Nicolau de Mesquita, quando a polícia começou a atirar. Isso não diz muito, pois esse período também foi multicultural, foi, em muitos sentidos, mais aberto que a época em que vivemos agora. Simplesmente queria dizer que eu sou uma pessoa que tinha visto muito e, por causa do que eu tinha visto, decidi agir de um jeito que não agradou a minha única filha, mas fiz tudo pensando que eu sabia o caminho correto para ela, e nós brigamos, e agora eu estou sozinha, vivendo sem ela, sem o seu filho, unicamente com a enfermeira no lar de idosos e algumas outras avós com quem falo razoavelmente.

Até hoje, eu gostava de dizer, porque hoje seria o dia em que tudo iria mudar. Seria uma mentira dizer que hoje foi o primeiro dia em que tive a esperança de que, falando com a minha filha, teria a chance de conhecer o meu neto. Realmente, como ela queria falar comigo de vez em quando para cumprir sua responsabilidade como filha, eu falava, porque me interessava a vida do meu neto mais do que a vida dela. E por isso, embora eu quisesse perguntar sobre ele, não perguntaria muito, eu a deixaria falar sobre qualquer assunto que quisesse, ter a ideia de que a sua mãe estava ali para ela e, depois, quando ficasse cansada de falar, eu perguntaria: "E o Kin, ele vai à igreja contigo?" ou "E o Kin, o que finalmente decidiu estudar na escola?". Ela me contestaria, mas não diria muito, porque seria uma oportunidade para me dizer: "Pois, um engenheiro! Que bom ter iniciativa depois de crescer numa casa fracassada" ou "Pois, fico contente que finalmente tu fosses à igreja depois de tantos anos de pecar". Eu falei coisas assim antes, e sofri as consequências, e assim fechei a minha boca, por anos, e foi difícil, foi de algum jeito quase impossível, mas tudo culminou no dia de hoje, quando, em vez de contar uma história simples sobre o meu neto, ela perguntou: "E o que achas se nos encontrarmos hoje? Vou estar perto do Largo do Senado, e eu tenho algo que devo dizer, e o Kin deveria ouvir". Claro que eu disse: "Encontramos, sim", e perguntei onde. Ela me convidou a um café, algo chamado Café Honolulu, no centro da ilha, e eu me ri porque ela finalmente me convidou a ir ao Havaí, como dizia quando criança, e ela se riu também. Mas eu conhecia a minha filha, ela era bem superficial e tinha muitos anos de experiência em exagerar as suas reações para satisfazer os seus clientes.

Não foi a minha reação imediata ir ao Café Honolulu. Nossa chamada foi por volta das nove da manhã, então tínhamos muito tempo até a uma. Que eu fiz nessas tantas horas? Pois eu fui ver a Senhora Ming Kwai Lam e lhe falei que ia visitar minha filha, e claro que ela tinha bastante raiva, e eu tinha toda a razão de lhe acomodar considerando quantas vezes ela se jactou usando laços familiares que nem tinha. Depois eu falei com o Tam Hio, o único rapaz que eu considerava como um amigo lá, e ele não falou muito, ele nunca falou muito, mas vi em seu semblante algo tranquilo, e aberto, e com boas intenções em relação a mim. Depois disso, falei com a enfermeira, que tinha um nome que eu não entendia. Ela era de algum país do sudeste da Ásia, mas falava bem o cantonês, melhor do que eu. Eu lhe disse algumas palavras macaenses ou portuguesas, mas aquela Senhora Ming Kwai Lam tinha a audácia de dizer que aquela nunca tinha sido a nossa língua, e eu tinha de dizer que, se fosse a minha língua natal, seria a língua natal de outra pessoa também. Eu queria ensinar porque era uma maneira de me conectar com ela, e tudo isso era bem mais importante que se fosse o português ou mandarim ou inglês.

Então falei com algumas outras pessoas no lar de idosos, e todos ficaram contentes ao saber que eu ia conhecer o meu neto. Nenhum deles sabia que eu não falava tanto com minha família, porque isso era uma coisa particular e não era bom divulgar a desconhecidos, mas todos tinham uma história sobre os seus netos para contar: seus encontros com eles, suas impressões sobre a vida deles. Independentemente de eles terem ou não um relacionamento com os seus netos, falar com eles me deu a impressão de que ter uma relação com os netos é muito importante para pessoas da nossa idade, talvez porque eles nos aterram ao mundo atual, eles nos dão a oportunidade de novo de ser um pai ou uma mãe, com a capacidade de consertar qualquer erro que cometemos com os nossos filhos, e, mais importante, eles não são nossos filhos, podemos apreciá-los com certo distanciamento, mas com todo o amor que daríamos a uma pessoa que é próxima de nós. Eu não percebi isso vinte anos atrás, eu simplesmente vi um outro erro da minha filha e, quando não concordou comigo, lhe tirei afora da casa, e uma criança sofreu. Eu disse várias vezes no telemóvel que tinha feito algo completamente egoísta, e aprendi muito nas últimas décadas, e implorei seu perdão. E por que ela decidiu me ouvir justo hoje dentre todos os outros dias, quando já aceitei que a relação que eu tinha com o que restava da minha família seria como seria e eu deveria ficar contente por ter um bocado acima da língua depois de viver tantos anos sem nada, isso eu não percebia.

Mas eu sorri de orelha a orelha para todos, e todos poderiam perceber. Foi difícil ir ao Café Honolulu no início, não porque eu era velha, eu tinha mais de 80 anos, mas ainda podia caminhar como uma pessoa de 50, mas sim porque havia dois cafés com esse nome, e quando eu perguntei na rua, algumas pessoas me indicaram o centro, e outras, Wanzai. Eu não falava bem cantonês, e por essa razão a maioria das pessoas franzia a testa, surpreendidas porque estavam conversando com uma estrangeira, depois olhavam para mim e percebiam que eu não era uma e, sem saberem o que fazer, simplesmente apontavam ou falavam qualquer coisa ou partiam. Um rapaz foi bem sensível. Ele falava devagar, porque também eu tinha certa idade, e apontava uma coisa em seu telemóvel, um aplicativo de mapa que a enfermeira uma vez me mostrou. Eu não conseguia entender muitas das imagens no telefone e as linhas estranhas sendo desenhadas de um lugar para outro. Ele me exigiu falar com a minha filha. Eu liguei.

— Filha, estou muito, muito confusa. Seria este Café Honolulu ou este Café Honolulu?

— O quê? Mãe, eu te disse que tenho deveres a fazer no centro na cidade. No centro da cidade. Não lembras? Não escutas? No. Largo. Do. Senado. Vai para lá e pergunta quando chegares.

— Sim, sim, desculpas — disse eu, mas ela desligou. Não era minha culpa que havia dois cafés, e foi mais fácil esclarecer antes de ir. Eu devolvi o telemóvel ao rapaz, e ele me indicou a direção do Largo do Senado, que eu sabia, aliás, porque aquela tinha sido a minha cidade antes de ser a cidade dele ou a cidade da minha filha. A pergunta que eu tinha era se eu realmente queria falar com uma meretriz que denunciou os valores da nossa família e de nossa igreja, e dedicou a maioria da sua idade adulta ao bordel, nas minhas costas, por anos, e, realmente, a resposta foi um resoluto "Sim", mas não para ela, foi para o filho dela, que eu nunca conheci.

Eu segui no ônibus 8 desde a estrada do Arco rumo ao centro, e não perguntei nada a ninguém porque já conhecia a rota. Estava nublado, mas mesmo durante o dia os reflexos das joalherias, das lojas de óculos e das motocicletas piscavam e ardiam. Eu saí tão animada que deixei meus óculos de sol no meu armário. O contraste do escuro com a luz machucou os meus olhos. Eu fui no ônibus, que estava cheio, mas, ao observar as ruas, onde havia tantas pessoas, turistas chineses, turistas caucasianos, freiras, policiais, senti vertigem. Eu era daquela cidade, mas realmente nunca fui afora do lar. E o condutor não sabia conduzir. Sempre que o ônibus tinha que virar, ele quase tombava na direção oposta, fazendo com que todos os passageiros caíssem ou tremessem. Eu queria vomitar e, assim, fingi fechar os olhos, até pensar que a parada estava perto e estremeci quando os abri. Lembrei-me do motorista que nos levou para as montanhas ou para os parques durante nossas excursões de grupo e senti falta dele.

Chegando perto do centro, eu me senti feliz por estar num ônibus relativamente vazio, e tive a sorte de haver um policial perto da parada; então, o motorista tinha que dirigir o ônibus como um condutor normal. Ainda me custou ficar de pé, um problema fatal de ter joelhos fracos, mas um senhor me ajudou e quase me levou até a porta. Assim eu estava, na encruzilhada da cidade, um pequeno grão de areia comparado aos arranha-céus em volta de mim, chegando ao futuro que a minha geração nunca achava que seria uma realidade, completamente estática. Tinha de perguntar de novo onde ficava o café e, como antes, ninguém entendeu o que eu queria dizer. Foi curioso, mas vi um casal brasileiro falando entre si perto do clube militar, um prédio colonial e rosa do século passado, e perguntei para eles onde ficava o café. O rapaz usou o mesmo aplicativo que a enfermeira tinha usado e indicou o local para mim. Brasileiros são muito mais amigáveis quando comparados à gente daqui, e ele não me deixou facilmente sair. Perguntou de onde eu era, eu respondi que era macaense, e ele me disse que eu falava muito bem o português, e eu tive que dizer que o português era a minha língua.

Depois eu saí, e não porque eu me senti ofendida, porque tem poucos de nós restantes nesta cidade, chineses católicos com português como língua natal, e simplesmente foi um facto. Eu parti grosseiramente porque eram quase doze e meia, e o nosso encontro era pela uma. Havia tantas pessoas nas ruas que eu não conseguia encontrar as vias corretas em que tinha que virar, ou quando eu fui em uma direção que pensei que conhecia, ruas completamente vazias durante a minha infância, eu lembrei que, embora os prédios fossem os mesmos, cheia, a rua parecia outro lugar. Eu fui a muitas direções erradas. As nuvens também se dispersaram. Fazia mais calor, e eu, usando um suéter para o frio, sofri.

    Um caminho de cinco minutos me custou como se fosse um caminho de uma hora, mas finalmente cheguei. Eu não percebi por que ela escolhera aquele café. Era um café pequeno, mal ventilado. Provavelmente uma pessoa da idade do meu neto tinha gostado das fotos, das folhas de café pintadas como se fossem a representação de uma gota caindo no café, tudo muito bom para alguém daquela idade. A boa notícia é que não havia muitas pessoas lá. Eu só vi uma pessoa além de mim, uma turista branca, falando uma língua que eu não podia reconhecer no telemóvel. Uma outra pessoa, a garçonete. Ela viu que eu já tinha certa idade e chegou a mim, perguntando o que eu queria. Pedi um café, e também expressei meu agradecimento. Eu não pude deixar de contar a ela no meu cantonês atrapalhado: "Estou finalmente encontrando meu neto hoje!", e ela não falou nada, mas eu sei observar a minha gente, e ela não tinha de sorrir ou falar, havia uma emoção que ela transmitiu a mim, e era uma felicidade genuína.

    Deu uma hora, e minha filha não tinha chegado. Ela não foi uma pessoa pontual, nunca era. O café também estava quente, precisava de bastante tempo para beber. Esperando que ela chegasse, eu lembrei-me da última vez que nos encontramos, mas não queria, porque foi um dia difícil, por muitas razões. Pelo menos ainda nos falávamos pelo telefone de vez em quando. Era mais fácil quando o meu marido ainda estava vivo, ela era mais ligada a ele do que a mim. Ele uma vez conheceu o nosso neto sem a minha permissão e insistia que o víssemos mais vezes. Talvez porque eu fosse rápida em rejeitar a ideia, ele falava menos comigo. Ele também morreu pouco depois. O café ficou mais frio. Eu perguntei à garçonete que horas eram. Ela me disse que eram quase duas. Vendo que eu não fiquei feliz ao ouvir isso, ela me perguntou se eu precisava usar o seu telefone. "Sim", falei, e ela me ajudou a tocar todos os dígitos, perguntando-me a quem eu queria ligar. "A minha filha", disse eu, e ela não contestou. Eu não precisava falar com as pessoas para lhes perceber. Ela também tinha dificuldades no relacionamento com seus pais, e foi por essa razão que seus olhos refletiram essa emoção doce, aflita. Eu fui a minha mesa e esperei. Minha filha atendeu o telemóvel e falou para mim:

— Onde é que estás? Eu estou aqui a esperar.

Ela normalmente falava comigo em cantonês, mas, naquele momento, falou em inglês. Eu não sabia inglês, só algumas palavras, mas o tom de sua voz subia e descia, suas palavras estavam fora de ordem e ela ria muito e conversava com outra pessoa. Finalmente, disse em português:

— Ah, mãe! Ah, mãe! Não pode ser! — E voltou a falar em cantonês: — Tenho de trabalhar. Falamos depois.

Eu tinha tantas perguntas, e as falei.

— Onde está o meu neto? Tu me disseste que ele estava por perto. Se tu estás ocupada, deixa-me falar com ele. Podemo-nos encontrar. Estou aqui!

Eu estava a falar com um telemóvel já desligado. A garçonete perguntou algo com os seus olhos quando eu devolvi a ela o telefone, mas eu não tinha nada a dizer.

Vinte anos atrás, eu não era uma mulher paciente e, realmente, ainda não sou, mas a idade ajuda as pessoas a amadurecer, e isso é simplesmente a verdade. E fiquei lá com minha xícara vazia, a pensar sobre todos aqueles anos junto com a minha filha. Ainda não concordo com a maioria das decisões que minha filha tomou e ainda não as entendo. Ela me tinha dito por tantos anos que estava a ir à universidade, e, embora não sobrepesasse, acreditei como uma idiota que ela realmente tinha problemas em entender matemática básica ou a sintaxe da linguagem. Eu era a sua mãe. Ela poderia multiplicar e dividir os números sem esforço quando criança, pontuou muito bem na maioria dos assuntos até os 12 anos de idade. Foi só naquele dia em que ela ficou grávida que percebi minha tolice. Ela teve que confessar, então, que estava trabalhando em um bordel por tantos anos. Ela pensou que, quando confessasse, eu perdoaria tudo e lhe deixaria ficar em casa. Claro que não podia e a mandei afora porque foi o que ela realmente mereceu. Eu não estou orgulhosa disso. Provavelmente ela sofreu muito por causa da minha decisão, e também o seu filho.

Deus nos pediu para perdoar as pessoas, e eu pensei que estava prestes a lhe perdoar, mas não. Quão injusta ela era, quão mesquinha, e se eu não tivesse tomado as decisões que tinha tomado, ela poderia ter sofrido menos, mas ela não teria sido nada. Na verdade, se eu não tivesse dado à luz minha filha, ela não teria sido nada. Eu fui tola em pensar que ela havia aprendido. Eu era tola em pensar que algo de bom poderia sair disso.

Mas foi solitário ficar naquela casa de repouso e, sim, eu queria mais uma vez ter família, alguém com quem eu pudesse conversar com o carinho que só vem quando há compartilhamento de sangue.

Trapaça, tolice, estupidez, tudo público. Eu paguei meu café, agradeci à garçonete, porque ela era uma boa menina e merecia. Mas eu não estava a perder demasiado do meu tempo com esse assunto. Eu não tinha muita vida no meu lar de idoso, mas ainda era uma vida. Saí do café e fui mais uma vez na direção do ônibus, e, partindo, eu fiz o que deveria ter feito décadas atrás. Abandonei os pensamentos sobre ela, essa família imaginada, essa relação de sangue ainda não provada, na mesa para a garçonete os limpar.

Depois, triste, com toda a letargia de fracasso em meus olhos, eu fui a caminhar, a repousar a minha mente, sobre o estreitamento ao lado do mar e perto dos arranha-céus

Gravando, observando, sempre assim são os olhos. Nossos olhos são as câmeras dadas a nós pela natureza, e por essa razão, embora o humano tente capturar tudo pela câmera, nossas memórias mais impressionantes são aquelas capturadas em nossa mente. Eu tenho trabalhado com uma câmera a maior parte da minha vida. A morte de tribos, a queima dos celeiros, eu tenho visto quase todas as calamidades lusófonas desde a perspetiva da lente, salvo a calamidade mais pessoal, a Guerra Civil angolana, que forçou os meus pais a deslocarem a nossa família a Portugal. Eu sabia quando uma pessoa estava a enfrentar o seu passado. Os olhos brilharam com o fogo de quase outro espírito. Ou fosse a raiva, fosse a paixão. O importante era que os olhos pareciam diferentes do que quando eram normalmente envidraçados. E isso, essa fênix de compaixão, esse fedor de rancor, isso era o que eu percebia dele, ele que suava como se tivesse andado por algum tempo no passeio, por casualidade parado perto de mim, no banco branco, para observar não este dia nublado, mas algo dentro de si mesmo. E isso era algo que eu queria fotografar.

— Desculpa. Falas português? Chamo-me António da Silva, provavelmente não me conheces. Há muitos com esse nome, talvez um ator de pornografia. Mas eu não sou ele, e não quero propor algo estranho. Eu sou só um fotógrafo, e gostaria de tirar uma foto tua. O que achas?

Ele não respondeu, mas adotou uma postura de quem parecia irritado. Presumi que outros haviam tirado fotos dele com frequência e sem o seu consentimento. Certamente, ele tinha uma aparência diferente. A cor da sua pele era de um negro, e foi essa a única cor que marcou a raça. O restante de seu físico, não. Ele era baixo. Sim, que há os indivíduos que são exceções à altura padrão de uma etnia, mas ele foi baixo para eles também, quase como o pigmeu, mas sem os traços. Ele tinha os olhos de alguém de um país do Leste, e seu rosto também tinha a forma de pessoas de lá. O seu cabelo não era diferente. Era preto e curto. Ele era um tanto bonito. Tinha um rosto atraente, mas cuidava pouco de sua aparência. Sua roupa parecia ter sido usada por anos continuamente, mas não era a roupa de alguém pobre, era a roupa de alguém de um país rico, mas de uma pessoa descuidada. Com certeza, ele não era de Angola.

Presumi que ele não sabia o português e comecei a falar o que eu tinha dito em inglês. Ele assim respondeu:

— Falo português, sim. Mas a foto, por que a foto?

Eu repeti:

— Eu sou um fotógrafo. Eu queria capturar uma Angola moderna e contemporânea, não a Angola de estereótipos. Assim, estou a fazer uma série de fotos sobre as pessoas interessantes de Luanda.

Ele entendeu algo disso, porque seus olhos se iluminaram.

— Sim, sim, com certeza — disse.

Eu nunca gostei de pedir permissão para tirar fotos por causa do motivo explicado. Ele levantou a sua mão com um sinal de vitória e sorriu largamente.

— Não posa — falei, mas ele interpretou isso diferente. Colocou a mão no queixo e olhou de modo contemplativo para os arranha-céus, como se quisesse esculpi-los. Eu disse-lhe, em inglês: — No posing. Act natural.

Eu falar o inglês incomodou-lhe. Ele olhou diretamente para a câmera, mas pareceu triste e indiferente.

— Uma foto ótima — disse eu, a fim de animá-lo. Mostrei-lhe a foto, ele sorriu suavemente.

— Ok, bye bye — falou.

Normalmente, eu o teria deixado ir, mas ele tinha apertado os olhos para algo que havia escrito em um pedaço de papel. Eu perguntei:

— Precisas de alguma ajuda para chegar a algum local? — Então vi a localização escrita. — Opa, que longe. Isso seria perto de N'Dunduma, em Patrice Lumumba. Se queres ir lá, por que estás aqui?

— Não entendo — disse ele, e comecei a dizer a mesma coisa em inglês, e ele gritou: — Não, eu entendo português! Não entendo isso!

E eu não entendi nada. Tentei explicar uma vez mais, lenta, pacientemente.

— Olha. Tu estás no centro. Isso não é aonde você quer ir. Você quer ir a Patrice Lumumba. Mas por quê? Não há nada ali. É muito feio, sujo.

— Eu sei — disse ele. — Eu fui, e eu voltei. A mãe, ela me disse... me disse. — Falou numa outra língua, que me pareceu o chinês, o japonês, mal consegui distinguir essas línguas. — A casa dele... — finalmente falou em português.
— A casa de um parente? — perguntei-lhe.
— Sim... como saber?
Pois eu também fiz essa busca por minhas raízes. Nasci em Angola, mas cresci em Portugal, passei muitos anos a estudar na Inglaterra, trabalhei uma década em Montreal e depois voltei a Angola, beijei a terra que me fez quem sou, chamei-a de novo de minha casa, só para ter que sair a cada seis meses sob o pretexto do trabalho, quando a verdadeira razão era que eu me sentia mais confortável indo e vindo, sem lugar fixo. E eu viajei, desde o Brasil até a Índia, a tirar fotos de tudo. A única dor que tive foi o fato de que as minhas fotos foram quase exibidas em Portugal, mas nunca em Angola. Eu queria que essa coleção mudasse isso.

Pronto, eu queria falar como um português e tentar explicar que eu lhe percebi, mas ele era um estrangeiro e não entendia muito português. Nossa conversa deveria ter terminado ali, com uma despedida cortês e educada, e depois nós partiríamos em direções opostas.

Mas a nossa conversa estava apenas a começar. Ele começou a escrever algo em um tradutor no seu telemóvel, e o aplicativo começou a falar:

— *Eu sou de Macau. Não falo muito português, desculpa. Mas o português é a língua da minha família. Meu pai é de Angola. Minha mãe nunca o conheceu. Ele conheceu minha mãe de maneira suja. Tudo o que minha mãe disse foi que ele se vestia como um homem de negócios, e ele realmente gostava dela, então ele deixou um cartão de visita, e do outro lado escreveu um endereço. Minha mãe estava trabalhando, mas ela manteve os cartões de todos os homens que conheceu naquele momento, apenas para o caso de precisar entrar em contato. Embaraçosamente eu nasci fora desta situação. Ela me deu esse mesmo cartão de visita há alguns anos. Eu queria conhecer meu pai. Eu tentei os dois endereços. Nem trabalhei mais. Eu fiz uma viagem tão longa e por nada. Tenha pena de mim.*

Olhos que sempre doem, olhos que sabiam pouco, esses olhos eram os mesmos que os meus, e era por essa razão que eu queria tirar a sua foto, e por essa razão que a sempre intrigante mente do universo nos uniu.

— Olha, faz muito calor, e vou ter um outro encontro depois de uma hora. Lá perto do Museu de Moeda, um café. Sentamos lá, falamos.

O rapaz pareceu que não tinha nem uma desculpa nem outro plano. Ele disse: "Sim, ok". Não percebi se ele tinha me entendido ou não, mas ele foi nessa direção. Fomos ao café, colocamos nossas coisas nas pinturas. Ele colocou o seu polegar.

— Eu gosto desse lugar. Bacana! Bacana!

Ele viu as pinturas e repetiu algumas vezes mais "Bacana! Bacana!", o que fez o garçom sorrir. Ele foi a pedir, e gritou algo em sua língua. Voltou à mesa, sem pedir. Eu perguntei por quê, e ele falou "Caro, caro". Comecei a rir e disse:

— Eu te convido. Peça livremente.

— Não, não — falou de novo e de novo, e, finalmente, eu decidi pedir dois chás-pretos para nós.

Eu lhe perguntei:

— Então, qual seria mais caro, Luanda ou Macau?

Ele contestou:

— A Luanda. — E rimo-nos.

Eu tinha muitas perguntas sobre a vida em Macau, como seria viver lá como uma pessoa miscigenada, como seria viver lá sem o pai, mas eu sabia também que essas perguntas eram avançadas para o seu nível de português. Ao saber que ele era de Macau, eu encontrei o aplicativo de tradutor no meu telemóvel e, depois de colocar as configurações na língua cantonesa, comecei a escrever algo e pedi ao software que dissesse algo para mim. Falou, o rapaz se riu, e muito.

— Mau, mau. Não tem sentido — falou.

— Sim? — respondi, a sorrir, e falei em inglês: — Stupid translator.

— Stupid translator, sim.

Falar com uma pessoa de fora me fez lembrar muito do meu tempo a viver em Montreal, onde eu fui a única pessoa a representar a nacionalidade angolana e a etnia portuguesa. Ao lembrar disso, eu senti falta de todos os meus amigos de lá, e provavelmente era óbvio a qualquer pessoa que eu, no momento, não estava feliz. Ele me viu, e quando eu decidi olhar em seus olhos, ele, a sorrir, me perguntou:

— O que aconteceu?

— Saudade, saudade — falei, e o restante, eu disse em inglês: que eu, antes, vivia em Montreal, e estava a refletir sobre a minha vida lá. Ele me perguntou como foi, e eu disse no meu francês quase inexistente: — C'etait super.

— Oui, oui.

— Oui, oui — falei em resposta, mas a energia foi diferente. Também eu fiquei a pensar sobre o estado dos meus pais, a minha filha. Os meus pais e eu não falávamos muito. Não diria que tinha uma má relação com eles, mas os pais normais teriam ficado felizes em ser representados nas artes de seus filhos. Eles ficaram profundamente ofendidos pelas fotos, ou pelas legendas que as acompanhavam. A minha filha e eu falávamos mais, a cada dois ou três meses, e ela tinha ficado noiva recentemente. Então ela ligava-me com mais frequência. Eu não tinha família em Luanda, ou em Angola, e não queria dizer que foi difícil viver como um angolano branco em Luanda, em muitos sentidos; eu vivi com muito privilégio. Mas sim, não foi fácil, por muitas razões.

— É difícil ficar sem família. Realmente, eu entendo.

Ele balançou a cabeça. Bebemos nossos chás, quase solitariamente. No café começou a tocar música no estilo jazz. Eu suspeitei, graças aos tons contra-altos, de que a cantora era Letícia, uma amiga.

Perguntei para o rapaz:

— Se não tivesses a localização certa de teu pai, como seria possível lhe localizar?

— Não é possível, não — disse, mas pareceu que ele tinha mais a dizer. E voltou a escrever no seu telemóvel. Desta vez, o tradutor automático falou:

— *Não há muito que eu possa fazer neste estágio. Eu acho que se torna algo como férias. Eu gastei muito dinheiro para vir aqui, e não foi fácil. Hong Kong era o voo mais próximo e era muito caro. Acabei de sair da escola. Nossa família não tem muito dinheiro. Eu pensei que deveria fazer isso depois que comecei a trabalhar no negócio porque então eu teria o dinheiro, mas não, eu precisava descobrir mais cedo. Eu sou tão estúpido. Mas sei que Macau é a minha casa. Eu não gosto muito de Angola. Sujo, desorganizado, sem eletricidade na maior parte do tempo, e as pessoas trapaceiam muito. Eu mal posso esperar para voltar para casa.*

O tradutor cometeu alguns erros, e talvez essa tenha sido a razão por que o que foi dito me aporrinhou, ou foi porque era uma voz automática, e em uma voz vazia de emoção, ela listou muitas reclamações sobre o meu país. Cortes de energia eram frequentes, e, Angola não era um país fácil de viver, mas a terra, as suas paisagens, o seu povo tinham muito charme, e havia estrangeiros, mesmo de lugares como o Canadá, que gostavam de lá o suficiente para viver por décadas. Eu falei:

— Acho que deverias viajar mais pelo país, para outras províncias, a selva no Norte, ou os desertos no Sudoeste, ou os rios no Sudeste. Realmente Angola é um país que oferece muito. Tu ias gostar.

Eu falava muito em português, e muito rapidamente. Mesmo assim não importava muito se eu falasse rápido ou lentamente, em português ou em inglês. O seu relance foi reto, o seu relance foi pesado. Eu sabia quando alguém já tinha dado a sua opinião. Ele não falou. Ele não digitou nada em seu telemóvel também. Ele sentou na cadeira como uma boneca.

Não era que não tentávamos falar de novo. Eu não gostei muito das conversas superficiais, mas tinha bastante experiência nas dificuldades da comunicação entre culturas diferentes. Eu perguntei-lhe sobre a vida em Macau, ou sobre os seus estudos. Eu também perguntei se ele viajaria depois de conseguir mais dinheiro. Ele contestou-me do jeito que qualquer estudante faria. Ele falou palavras, mas as respostas foram vazias de substância. Ele tinha uma história diferente e interessante, mas dentro dele não viveu muito. Pareceu que tomou a maioria das suas decisões segundo a opinião da mãe, e até me perguntei se aquela viagem tinha sido uma decisão sua ou a maquinação de outro parente.

Era, como eu, uma pessoa também deslocada, mas aquele rapaz correu muitos riscos, percorreu muitos caminhos de reviravoltas, fracassaram os mais importantes dos meus relacionamentos porque eu queria seguir a minha arte, senti-me muito diferente dele, mais do que imaginava. A hora já tinha passado, tinha outra amiga, também cantante, mas não Letícia, a fotografar.

— Desejo-te toda a sorte para encontrar o teu pai.

Ele aceitou a minha mão, e depois voltou a escrever algo no seu telemóvel.

— *Muito obrigado. Você é uma pessoa muito boa. Você me ajudou sem motivo. Eu gostaria que mais pessoas fossem assim. A maioria das pessoas aqui é trapaceira. A maioria das pessoas aqui não é legal comigo. Sujo, pobre, país. Não entendo nada.*

E eu não queria entender mais.

— Até já — falei e fui à porta. Claro que ainda estava a debater com ele na minha cabeça.

— *Nosso país não é apenas sujo e pobre. Não deverias chamá-lo assim. E quem és tu, estrangeiro, a criticar um país que nem conheces? Nós conhecemos a guerra, conhecemos o sofrimento, tivemos nossa riqueza tantas vezes em nossa história. Tenta viver na situação dessa gente antes de formar uma opinião. Tenta ser um observador primeiro e depois um crítico.*

Ao pensar em tudo isso, eu fui convencido de que os meus argumentos seriam mal ouvidos, mas olhei-o de relance uma última vez, por curiosidade. Vi nessa mesa alguém que tinha decidido olhar coisas no seu telemóvel, provavelmente a jogar um videojogo, a considerar a posição das mãos, mas foi curioso ver uma pessoa concentrada num jogo, e, ainda, a tristeza penetrou seus olhos, o seu espírito. Era como se todos fossem um, na iluminação e na sombra. Eu sabia que não tinha conseguido a permissão dele, mas a foto perfeita estava na minha frente, e eu tive que tirar. A postura demonstrava uma pessoa que existiu em meio à pura depressão, ao caos do completo desentendimento. Pois ele tinha de aprender que não havia de sempre se explicar, não havia de sempre encenar.

Para ser compreendido, ele simplesmente tinha de sentar lá, e ser natural.

> **Será que o povo de nosso país seria compreendido algum dia, ou sempre seríamos relegados a essas imagens de fomento e de guerra?**

Certamente nosso país é um país pobre, um dos países mais pobres do mundo, e isso é algo que ninguém pode negar. Eu nunca tenho viajado afora Guiné-Bissau, ou a cidade de Bissau, mas, como jornalista e pessoa que trabalha com o mundo literário, tenho lido muito sobre o meu próprio país. A eletricidade quase nunca funciona, as ruas estão cheias de buracos, e depois de tantas guerras de independência e civis, é um milagre que não tenhamos mais pessoas sem casa a viver na rua. Pronto, isso deveria ser o estereótipo, e um bom fotógrafo, viajado, mundano, deveria tirar as fotografias que derrubam tal estereótipo. Vendo essas fotografias, tiradas por António Gomes, fotógrafo de renome mundial, de Luanda, Londres e Berlim, eu senti que estava a ver os piores estereótipos não só do meu país, mas da África. Uma criança lutando com um cachorro de rua por comida? Uma mulher agachada no lixo? Era como se ele tivesse ido apenas a favelas e tirado fotos da vida de lá. Qualquer estrangeiro nos disse que nosso Bissau tinha melhorado muito na última década. António poderia ter tirado uma foto de um de nossos novos arranha-céus, ou, se quisesse capturar a vida normal, cotidiana, apenas uma simples imagem do mercado, o sol se pondo sobre a multidão, os caminhões e os estandes cobertos com guarda-chuvas. Pronto, eu tenho defendido-lhe bastante. Eu tirei as fotos, mostrei-as a minha colega Binta e disse-lhe:

— Não podemos publicá-las.

— Concordo — disse ela, mas no tom de voz de uma pessoa prestes a falar: — Mas... Infelizmente, nosso jornal é muito novo, um bebê comparado aos jornais do Brasil ou de Portugal. Seria uma vantagem ter o nome de um fotógrafo relevante em uma de nossas histórias.

Mas que história? Queríamos lançar nosso jornal com um artigo sobre a vida nova em Bissau, sobre as pessoas que moram cá e sobre sua vida. Quando fizemos o anúncio virtual, António foi um dos primeiros a se voluntariar para tirar fotos para esse artigo, mas era óbvio que nem o tinha lido, porque o que eu tinha escrito e as fotos não conversavam.

— Eu escrevi sobre um empresário começando o seu próprio negócio. Escrevi sobre o problema que ele tem com o governo e, no entanto, como ele também tem muito apoio das pessoas. Pedi a ele para tirar a sua foto, e tirei.

Levantei-a para que todo mundo pudesse ver. Era uma foto bem escura, e como tinha sido um experimento de arte, de um homem de 40 anos olhando contra o sol, tentando sorrir, mas com dor, vestido num casaco de trabalho salpicado de poeira.

— Não é nem uma boa foto!

O outro editor do meu outro lado, o Sambaru, levou a foto, apertando os olhos contra os seus óculos de aro grosso, a dizer:

— Acho que ele queria capturar a escuridão do seu interior.

Binta levou a foto também e disse na sua perspectiva:

— Ou, também, ele queria representar como é quando uma pessoa ambiciosa vive em um país pobre. Olha o contraste no poder no seu relance e a poeira sobre a sua roupa, a fadiga no seu corpo.

— Ou — comentei — ele tirou uma foto mal, sem consideração ao seu sujeito. Por que vocês estão a debater a foto como se fosse uma obra em um museu? Meus amigos, temos de considerar que isso seria a edição inaugural, e temos de ser bem conscientes sobre como vamos representar o nosso país.

— Pois — Sambaru disse, ajustando os seus óculos — como será a edição inaugural, temos de considerar que o nosso país é um país pequeno, e não temos muitos jornais fundados aqui, e queremos fazer algo especial, uma mistura de arte, cultura e reportagem, a ser um modelo a nossos países africanos. Não achas que ter um nome como António Gomes na nossa lista seria útil?

— Talvez ele conheça Mia Couto — Binta falou.

— Com certeza ele não o conhece!

Era a terceira vez que ela sugeria isso. Eu falei a Sambaru:

— Pois, Sambaru, meu amigo, pensando desse jeito, não achas que essas fotos vão insultar os nossos leitores?

— Temos leitores? — perguntou Binta. — Quem?

Não tínhamos leitores ainda, mas, baseado no interesse falado entre os periodistas e o tráfico virtual, teríamos, e eu, como um africano cansado de ler histórias sobre a África a partir de uma perspetiva estrangeira, queria criar um espaço onde as vozes locais pudessem crescer.

— Estou surpreso que alguém que é de um país africano possa criar tais imagens problemáticas.

— Ele passou a maior parte de sua vida fora, é um branco. Se pode dizer que ele é africano?

— Sim, sim — disse Binta. — Porque ele nasceu aqui, e não concordamos com a sua visão, mas ele é um africano, e isso é a sua arte.

Binta disse isso porque ela também tinha sonhos de emigrar a um país de primeiro mundo algum dia, e provavelmente temeu que alguém algum dia diria a mesma coisa sobre ela.

— Ele provavelmente se acostumou a vender aos mercados ocidentais. Isso acontece com a maioria dos artistas africanos que vivem afora.

Essa foi a desculpa de Sambaru porque ele tinha escrito romances também, e desde um amigo nosso em comum, ele não gostou dos seus contos por essa mesma razão; era a voz de alguém que queria escrever algo sobre o país com a intenção de tirar proveito de uma história pouco narrada afora, em vez de alguém que simplesmente quisesse escrever a sua verdade.

— Então — perguntei —, o que queremos para nosso jornal?

Essa era a última pergunta que eu tinha a fazer para eles. Vi no relógio que eram quase duas da tarde, hora de almoçar. Também tinha de me apressar. Um amigo meu que foi jornalista queria que eu conhecesse uma pessoa, uma antropóloga do Brasil. Tínhamos feito planos de nos encontrarmos à uma hora. Eu perguntei a Nala, nossa outra editora, que escrevia como Nadine Gordimer mas quase nunca falou em nossos encontros, se havia outra pergunta, ou sugestão, e ela sacudiu a cabeça. Eu disse aos outros editores que nos reuniríamos de novo dentro de algumas horas. Fui ao meu carro, e comecei a ir na direção do Hotel Ceiba. Dirigindo rumo a Bissau Velho, vi pouco daquelas fotos na realidade. O carro pulou, e a poeira, poucos minutos depois de ter aberto a minha janela, já tinha coberto o volante. Na verdade, havia poucas pessoas na rua, e restaurantes em estilo americano ou europeu, onde nossos jovens poderiam mostrar o seu poder de compra. Esses lugares também demostraram o meu país, e se eu tivesse o dinheiro para compensar outro fotógrafo, eu diria que isso poderia ser a reportagem de capa, como os jovens de Guiné-Bissau estão a redefinir o país. Guardei na memória o restaurante ótimo na rua ao qual levaria a convidada.

Eu encontrei-a na rua, afora do hotel, tirando fotos, ou talvez selfies, não podia acertar, posto o ângulo da sua câmera; parei o carro em frente a ela e perguntei:

— Você é Larissa Rodrigues?

Ela ficou espantada e olhou em volta como se precisasse de alguém para me prender.

— Tranquilo, tranquilo. Eu sou o amigo de Miguel.

— Ah, você — falou, e foi até meu carro. — Como sabia que era eu?

— Pois tenho a tua foto, e podemos reconhecer uma estrangeira.

— Sério? Mas eu sou bem negra.

Ela era, contudo ainda tinha os traços de mistura que lhe marcaram como a um membro de diáspora latina. Ela pareceu muito séria, e depois, afrouxando, ela disse:

— Amigo, vamos comer ou não? Eu tenho fome. A gente não pode demorar tanto tempo esperando, né?

— Vamos, vamos. Desculpa. Eu tinha muito trabalho. Temos muito a discutir. Miguel me disse que você também tem uma vida muito diferente. Por que você está aqui?

— Eu faço investigação sobre os manjacos.

— Interessante. Como foi que uma pessoa do Brasil aprendeu dessa tribo?

— Falamos isso enquanto a gente come — disse com um sorriso educado.

Eu pensei que talvez eu estivesse a perguntar demasiado em pouco tempo, mas realmente foi interessante, para mim, conhecer alguém de afora que tenha se interessado por algo desse país. Pensei sobre outros tópicos sobre os quais poderíamos falar, mas não sabia muito sobre o Brasil. Perguntei-lhe, "De onde é?", e ela falou-me, "Acre". Eu não sabia coisa nenhuma sobre o Acre; não sabia qual era a capital do estado, ou qual o principal produto de exportação. Ela reparou que eu não tinha muito a dizer, e explicou:

— Mas, hoje em dia, eu trabalho como professora de Antropologia no Rio de Janeiro.

Sobre o Rio, eu sabia mais.

— Botafogo, meu time! O gato ainda joga para eles?

— Sim — disse ela, mas pareceu que não sabia muito de futebol, e assim, perguntei-lhe:

— E como é ver toda a cidade de acima, no monumento de Cristo?

— É muito bonita — mas também falava com pouca paixão sobre o Rio. Subitamente, disse: — Olha! Que restaurante autêntico. Vamos lá?

Ela queria ir para aquele buraco na parede? Eu não lhe queria dizer que ela poderia ficar doente comendo em tal lugar, mas disse, sutilmente:

— Já temos planos de ir a um outro restaurante. Mas não pense nada sobre o preço. Eu vou te convidar.

Era um restaurante italiano com cadeiras e mesas pretas na parte de trás, e com as garçonetes vestidas como se fossem de Roma. Ela viu o local e fez uma careta.

— Eu não quero comer aqui. Vamos a algum outro lugar que tenha mais a cara do país.

— Não se preocupe. Eu vou pagar. Venha, venha.

Eu praticamente a puxei para dentro. O garçom foi muito educado com ela, perguntando o que queria, primeiro em francês, e, depois, em português, quando ela gritou que era brasileira. Ainda ela fez esta cara, e eu tinha de pedir em seu nome.

— O que há de errado? — perguntei. — Você não acha que o restaurante é lindo?

— Sim, é. — Ela suspirou. — Estou aqui a trabalho. Vim aqui cinco ou seis vezes. Já conheço bem o país. Quero viver na Bissau verdadeira, não quero visitar esses locais para turistas.

Eu queria dizer-lhe que também aquele restaurante era a verdadeira Bissau, para aqueles de nós que viviam aqui e chamavam a cidade de nosso lar. Mas ela era uma estrangeira, e uma antropóloga, e eu tinha de me lembrar disso quando falamos. Perguntei-lhe:

— Quanto tempo ficarás por aqui?

Ela me disse que por mais duas semanas.

— Então, terias muito tempo para conhecer Bissau. Hoje, tenta comer uma boa pizza.

Ela sorriu e falou:

— Sim, sim, certo.

Eu estava prestes a perguntar-lhe mais sobre a sua vida, mas ela me interrompeu a dizer:

— Miguel me disse que você escreve muito bem.

— Não, não! Eu não sou um artista. Eu só quero captar a verdade.

— Mas isso é o que faz um bom artista. Você escreve alguma coisa hoje em dia?

Eu disse-lhe que não tinha tempo, porque havia um jornal a lançar.

— Um jornal? — perguntou. — Sobre o quê?

Pois disse-lhe que queríamos captar uma nova perspectiva de um país que normalmente fosse considerado pobre, as notícias que os jornais internacionais nunca reportaram, focalizar mais nas histórias diárias de nosso povo, e também fazer comentários sobre obras de teatro, filmes, romances, tentar ensinar o povo a se interessar pela arte mais que se interessa atualmente.

— Genial — ela disse. — Não tenho estado aqui muito tempo, mas, sim, acho que isso é algo que falta bastante aqui.

De novo, para uma pessoa que não conheceu bem o país, ela tinha muitas opiniões sobre ele. Eu não queria argumentar, já tinha que argumentar bastante no trabalho e, pensando nisso, suspirei.

— Olha, o bocejo de um leão — brincou, e perguntou: — Por que você está chateado assim?

Sinceramente, eu não tinha uma boa razão para lhe contar. Não tínhamos uma boa conexão quando falamos, eu achei-lhe um pouco difícil de entender, e não percebi que ela realmente queria me conhecer. Porém, era um contexto social, e eu tinha coisas a reclamar. Eu falei sobre a situação com o jornal, primeiro sobre as nossas questões de financiamento e a burocracia que estávamos a enfrentar e, depois, sobre a questão das fotos para a primeira edição. Sobre esse tema, eu falei tudo: a frustração que eu tinha de ter o nome de um fotógrafo famoso a trabalhar para nós, e gratuitamente, mas ele foi uma pessoa que pensava tanto na sua visão que não lhe importou a consequência que isso causasse. E eu não queria trabalhar com alguém assim, mas não tínhamos muitas opções, ou dinheiro, e foi tudo estressante. Pedi à garçonete para nos dar uma garrafa de vinho.

Quando Larissa escutou, ela ouviu bem, ou pelo menos adotou a postura de alguém que ouviu bem. Ela disse-me:

— Você é muito valente lutando com tudo isso. Como uma pessoa negra em uma universidade em grande parte branca, eu tenho que lidar com isso o tempo todo, e eu vou te dizer, você tem que ser fiel a si mesmo, e às suas pessoas, e à sua comunidade. Você não acha que essas fotos são boas? Jogue elas fora.

— Eu não posso fazer isso tão facilmente — falei, quase como uma surpresa para mim mesmo. — Isso é uma coisa fácil para um ocidental de fazer, mas temos que lidar com o dinheiro, e temos que lidar com tantas outras pessoas...

— Pois eu não sou uma pessoa ocidental típica. Eu sou uma negra, e descendente de africanos, e, cara, eu posso te dizer, não pode passar tanto tempo tentando agradar todo mundo. Temos de fazer o correto para nosso povo, só isso.

Ela não era uma pessoa desse povo, era negra, mas foi menos africana de que o fotógrafo. Eu não tinha tempo para lutar com outra pessoalidade forte. A pizza chegou, e eu tentei falar sobre o sabor da comida. Larissa concordou que o sabor era bom, mas achou que havia comida melhor.

Falamos pouco durante o restante do dia, porque dali a uma hora eu tinha de voltar ao meu trabalho. Eu a levei ao seu hotel, dando sugestões de lugares que poderia visitar.

— Obrigada — disse. — Mas já vi todos esses lugares. Como já te disse antes, já estive aqui cinco vezes.

Eu tentei sorrir como se ela tivesse dito algo mais educado, e eu lhe desejei um bom dia. Não me dei bem com ela, mas descobri que concordei com ela nesse ponto, sobre ser fiel às suas crenças. Eu não queria aquelas fotos para a capa, e voltei para a oficina, convencido de que era uma coisa na qual eu deveria insistir.

Não demorou muito para eu enxergar isso. Estava acostumado a ver as coisas no computador a distância, e os três estavam na frente do computador antigo, um Windows dos anos 90, amontoados, tentando juntar alguma coisa.

— O que vocês estão fazendo? — falei de qualquer maneira, talvez por hábito.

Samburu veio até mim e fingiu sorrir.

— Nós consertamos o problema.

— Que problema? — perguntei.

— As fotos.

Olhei para o relógio. Eram quase cinco horas e geralmente terminávamos o trabalho às seis horas. Dissemos que resolveríamos o problema antes de sair, mas não achei que eles iriam trabalhar sem mim.

— Olha — disse Samburu, e eu olhei.

Eles tiraram as fotos e as retocaram um pouco no Photoshop, para melhorar a iluminação. Tal coisa incomodaria um fotógrafo profissional, mas, em lugares como Bissau, as pessoas raramente se importavam. Os parágrafos que eu havia escrito tinham sido editados um pouco para ser mais abstratos, e as fotos selecionadas não se encaixavam bem com eles, mas se encaixavam melhor que antes. Eu não queria concordar com eles em nada disso, porque nada daquilo era algo com que eu concordasse, mas eu era um contra três, e tinha chegado atrasado.

— Parece bom — falei, e, dizendo isso, não podia controlar as minhas emoções, tive que sair por um minuto. Eles não sairiam para ver como eu estava, não se importariam caso eu quisesse socar a parede ou gritar comigo mesmo. Eles não viram. Eles estavam a dar eles mesmos tapinhas nas costas, felizes por um trabalho bem-feito. Fingimos falar sobre o trabalho pelo restante da meia hora e, justamente quando eu estava prestes a expressar os meus sentimentos, Binta, enquanto tirava selfies que mais tarde colocaria no Instagram, disse que já tinham enviado o arquivo para a impressora. Eles fizeram isso sem o meu consentimento também.

Então me convidaram para sair para comer alguma coisa para comemorar, mas eu não podia ir com eles, fiquei lá sozinho, olhando o escritório vazio, o pano sobre o computador, as mesas arrumadas para que o cômodo pudesse ser usado para outra finalidade depois. Entendi por que aquela brasileira falava do jeito que ela falava.

É porque, quando alguém fala plenamente com a força da própria ideologia, dói menos quando as pessoas agem de formas das quais não gostamos.

A gente não gosta de qualquer coisa que fazemos, mas precisamos saber quando é necessário lutar ou esperar outro momento para ganhar

Eu, sempre lutando, sabia que algum dia seria reconhecido, e foi nesse mesmo dia que eu, o humilde e pouco reconhecido Moacir da Silva, descendente do povo Yuruti, estaria recebendo um prêmio do governo graças às pesquisas que fiz sobre a minha tribo. Quando soubemos que eu receberia esse prêmio, a minha mulher e eu celebramos como se fosse nossa lua de mel, e os meus filhos me cumprimentaram superficialmente, porque eram adolescentes que não entendiam o valor de receber um prêmio. Não tinha muito tempo para falar com eles, tinha de ir à universidade, e morávamos no subúrbio de Irajá, que ficava bem longe. O dia ainda estava começando, o sol estava se levantando como se fossem as portas das lojas nas ruas. Desde as colinas, desde as montanhas, eu dirigi, devagar, por causa do tráfego dessa hora. Mas, sob qualquer ângulo, a qualquer momento, o verde que toma conta das colinas e da costa saudou nossos olhos, e me lembrei de que ter o beijo da natureza de qualquer momento tinha sido o presente que ganhei por viver em uma cidade como o Rio de Janeiro.

 A maldição foi o trânsito, mas eu, como qualquer formiga nessa cidade, inevitavelmente segui em frente. Chegando à universidade, estacionei o meu carro no espaço designado e olhei meu rosto no retrovisor. Eu sou bem baixo, quase não tenho cabelo, e como não consegui dormir na noite passada, eu parecia mais indiano que índio. E os fios de cabelo que sobraram? Não importava quanta cor eu colocasse e o quanto eu tentasse pentear, o cinza estava em pedaços, e fino, nem uma parte da minha cabeça estava velada. Pois não resolveria esse problema naquele momento. Eu fui ao meu departamento, esperando que os meus alunos, passando para as suas aulas, me vissem e me saudassem, expressando felicidade por causa do meu sucesso. Pelo modo como me ignoraram, nenhum deles lembrou que eu estava prestes a receber esse prêmio, e a Amália, a única mulher na aula que prestou atenção, sentada nas escadas estudando, olhou para mim e disse: "Olá, professor, tudo bem?". E só. Eles pensavam em si mesmos, provavelmente algo como "Estou estudando o suficiente?", "Vou passar no exame?" ou "Apenas mais duas semanas e estarei de férias". Eu sorri para ela e disse "Está tudo bem", mas, realmente, se a consideração fosse uma prova, nem ela se sobressairia.

    Pelo menos no departamento todo mundo lembrou. "Parabéns, parabéns!", disseram os professores, batendo palmas, e eu me curvei. O único que não me aplaudiu foi o senhor Jair Apiaka; sempre sentado com seus fones de ouvido, ele quase nunca se agitou, para qualquer pessoa. A pessoa mais animada para mim foi a professora Maria, e ela era do Porto, de língua portuguesa, não do nosso departamento, e chegou só para me abraçar.

— Estou muito feliz por você — disse, apertando os meus ombros, e eu sorri, porque olhar uma portuguesa falar e fazer brasileirismo me fazia sorrir. Quando almoçamos na cafeteria, ela tentou aprender algumas palavras em tupi, e me pediu para levá-la para a minha tribo. Eu lhe disse várias vezes que nasci e cresci em Salvador, e como nem os meus pais nem os meus avós eram mais vivos, e como eu não tinha muito contato com os meus parentes, não ia com frequência a Rondônia. Mas Maria tinha um sorriso mais branco ainda por causa de uma paixão arrebatadora, tinha olhos agitados, sempre estava pensando em uma cultura que não compreendia, com uma personalidade genuína. E é sempre difícil dizer *não* a uma pessoa assim, né?

Ela falou que tinha que ir a sua aula, e foi embora, e outras pessoas da faculdade foram me cumprimentar. Não tinham muito para dizer, e uma coisa interessante para mim foi que, depois das saudações e dos desejos superficiais, perguntei por curiosidade se o prêmio chegaria à oficina, e nenhum deles sabia. O Cléber foi para os envios, e depois falou que não. Eu me perguntei por que eles diriam que o prêmio chegaria naquele dia se não havia chegado, mas lembrei que isso era o Brasil, um país onde pouco chegou ao seu tempo.

E, contrário ao estereótipo, Carlos Tukano, um professor de origem Tukana, que estava usando óculos grandes e sempre engasgava quando falava, parou ao meu lado trazendo algo nas mãos, uma placa, com o meu nome e o meu título em dourado. "Olhe para isso", disse Carlos, e o Cléber tirou uma foto de mim com ele, e alguns dos outros professores fizeram o mesmo. Depois de tirar as fotos, a gente foi a olhar a inscrição. O Davi disse:

— Eu me lembro de quando recebi esse prêmio.

— Quando foi? — perguntei. — Até onde sei, sou o primeiro desse departamento a receber um prêmio assim.

— Ah, sim, porque recebi o prêmio quando eu ainda morava em Manaus, e para outra faculdade. Em Manaus eu sou professor de química, mas, no Rio de Janeiro, eu sou professor de estudos indígenas. A vida é engraçada, né? — E todo mundo, menos eu, começou a rir. — Deixa, deixa. Lembra que eu tenho formação em duas áreas; então foi fácil conseguir.

— O Davi é muito inteligente — disse a Daiara, uma professora Tukana também, e todos balançaram a cabeça. Eles começaram a falar sobre ele, e eu olhei para a minha placa. Eu queria falar sobre a minha pesquisa sobre a destruição de muitas espécies de árvores pelo governo de Rondônia, ou o protesto que eu organizei com muitos indígenas e brasileiros negros revoltados. Eles não olharam para mim, eles queriam falar sobre o Davi, e, por essa razão, eu fui a minha mesa.

A pessoa que reparou em mim foi o Jair, e ele não reparou por causa de uma coisa positiva. Ele falou sobriamente:

— Olha, olha. Está pensando em si mesmo de novo?

— Que é que você está falando? — disse eu. — Sou a pessoa mais humilde desse departamento.

E tinha algo de certo. Eu não interromperia o sucesso de outra pessoa a falar sobre os prêmios que eu havia ganhado doze anos atrás, eu não passava todo o tempo falando sobre os presentes que os alunos me deram; na maior parte do tempo, eu fiquei na minha mesa com a minha boca fechada corrigindo as provas. Porém, o Jair ainda tinha algo a dizer, mas não falou, fingiu que era mais importante ouvir a sua música, e como eu sou um sujeito brincalhão, em voz alta, ri.

E eu não podia suportar aquilo, me levantei e falei em um tom de voz mais alto do que eu imaginava:

— Este deveria ser o meu dia. Olha para esse prêmio, quem tem o nome aqui. Eu, viu?

Falando isso, eu atraí a atenção dos outros professores e senti um pouco de vergonha. Não tinha muito tempo para refletir sobre isso, porque o Jair continuou:

— Olha, o rei do nosso departamento se queixando de novo. Foi exatamente assim quando exigiu que seu nome fosse o primeiro na petição para mudar o nome dos lugares públicos para os indígenas.

— Porque a ideia foi minha!

— Assim como foi sua ideia liderar o protesto contra a exploração madeireira no Acre.

Peguei a capa de uma cópia do jornal *Brasil de fato*, que eu tinha guardado na minha mesa, e mostrei a ele exatamente onde estava escrito que eu tinha sido o líder, sim, e depois a minha foto, no centro, fazendo discurso, e, para lembrá-lo da sua própria ferida, falei:

— E, sim, você ficou bem chateado naquele dia, como você está hoje.

— Eu não estou chateado... Não, isso é uma mentira. Estou bem chateado, mas porque você faz das ideias do departamento suas ideias e fica zangado quando alguém reclama.

Eu estava ficando zangado porque Jair tinha muito a dizer e nunca disse quando foi necessário. Tirei seus fones de ouvido para que ele pudesse me ouvir gritar claramente, mas, no momento em que o toquei, ele bateu na minha mão e eu bati na cabeça dele, e nós colocamos nossas mãos um no outro, e estávamos nos empurrando.

— Pare com isso, pare com isso! — disse o Carlos. Dois professores jovens de nosso departamento vieram e nos separaram. — Vocês não podem brigar assim em nosso departamento. Ajam como adultos!

Eu arrumei meu colarinho, e Jair o dele. Nós olhamos um para o outro como se pudéssemos voltar a lutar a qualquer momento. Aliás, começamos a nos bater de novo, desta vez mais violentamente, visando órgãos vitais. Os jovens tiveram que nos segurar de novo, e um deles ameaçou:

— Façam isso de novo e eu vou ligar para a polícia.

Nós nos acalmamos porque fomos forçados, e, como ninguém falou nada, outra professora nova, chamada Yandara, interrompeu a cena para tomar partido de Jair.

— Ele tem razão. Às vezes sinto que há ideias que lhe conto, e você conta elas mais tarde, como se fossem ideias suas.

— Merda! Você só está dizendo isso porque ele disse isso. — Eu indiquei a notícia de novo. — Olhe para esta foto de capa e veja a história. Foi a minha ideia, gente. A minha ideia!

Ninguém olhava para nada, até alguém olhar para o relógio e dizer "Exames". Então todos murmuraram para si mesmos, "exames, sim", e foram preparar ou saíram para as salas de aula. Eu tinha outra meia hora até o meu exame, então olhei para a minha placa que Carlos tinha trazido. Estava me lembrando das coisas sérias que aconteceram na minha vida, como quando minha mãe morreu naquele acidente de carro, ou quando o meu braço começou a ficar dormente e eu tive que deixar de jogar basquetebol. Esse dia não foi um dia de tragédia, eu devia ficar feliz por receber um prêmio de tamanho prestígio. Porém, ao pensar em como pessoa nenhuma do departamento me apoiou quando precisei, ao pensar no que eles realmente achavam sobre mim, eu senti que o prêmio foi dado a mim por pouco, ou foi dado por motivações políticas. Já odiei o Jair, mas comecei a odiar como nunca pensei que poderia odiar alguém. Eu lancei a ele um olhar bem furioso quando foi para sua aula, mas ele nem tinha coragem de me olhar.

Talvez tenha sido uma coincidência, talvez tenha sido o destino porque o universo nos aproximou quando eu me sentia mal, mas eu, quando estava no caminho para a minha aula, topei com a Larissa Moreira, uma professora do departamento de Antropologia que fez uma pesquisa sobre tribos africanas. Ela parecia um anjo. A sua pele era luminosa, o seu corpo parecia uma escultura, uma singularidade para uma professora de 40 anos. Não era um anjo, não tinha asas, mas o seu cabelo crespo me guiou em direção ao céu. E eu não tinha de dizer nada. Me olhando, ela disse, primeiro em tom educado:

— Bom dia. — Depois, baixando sua voz, sorrindo: — Parabéns! Quando posso ver o prêmio?

— Depois — respondi, mas, falando sobre esse tema, eu só podia pensar na luta que havia acontecido alguns minutos antes, e tinha de olhar para o chão. Eu percebi que os seus olhos estavam olhando para os meus.

— Olha, que aconteceu? Você devia estar feliz, não triste.

Apertei o botão para o elevador.

— Pois nem todo mundo gostou que eu tenha recebido esse prêmio e nem todo mundo percebe por que eu o recebi.

— Que loucura. Você fez coisas muito importantes para a gente.

Esperamos o elevador chegar. Ela não falou nada até que chegasse, e depois subimos. Com a porta fechada, olhou de novo para mim, e eu olhei para ela. Os olhos dela cintilaram, lágrimas surgiram nos meus.

— Olha — ela disse. — Olha. Eu nunca vou conseguir me esquecer desse protesto que você organizou. Eu tenho assistido a muito deles, mas o protesto de vocês foi realmente bem organizado, e tinha muita gente diferente, e gostei disso, foi muito inclusivo. Você tem que lembrar que nem todo mundo quer apoiar os outros, viu? O seu sucesso pode ser sucesso para eles, mas a maioria das pessoas pensa que o sucesso delas deve vir primeiro. As pessoas podem ser muito egoístas, sabe? — E parou de falar, talvez porque o elevador estivesse quase no primeiro andar, ou porque os seus olhos refletiram um pensamento proibido, que ela não queria reconhecer. Mesmo assim, após respirar, disse:

— Pois o senhor, você deveria saber que, para muita gente, você é especial. Eu tenho muito respeito por você, como um líder, como um professor e como uma pessoa.

Talvez tenha sido porque o elevador estava prestes a se abrir, talvez tenha sido porque nenhuma outra pessoa tenha falado palavras assim para mim, talvez foi porque ela sempre foi um anjo, a criação mais linda que Deus havia podido me mandar, mas eu a beijei, boca a boca. E depois a porta do elevador abriu. Depois de novo estávamos no mundo real.

— O senhor, que foi isso? Eu não queria isso, eu não...

Estávamos afora, onde todo mundo podia nos ouvir, e ela não queria fazer um espetáculo. Isso não foi como a última vez que nos beijamos, o dia daquele protesto. Foi ela naquele dia que me beijou, e me fez uma apologia, mas eu não queria uma apologia, eu queria beijar de novo. Não podíamos falar porque não era o lugar para conversar. Eu disse, carinhosamente, "Falamos depois", mas ela não me ouviu, ela ficou repetindo, "Não queria isso, não queria isso, não".

Ao ouvir isso, eu reparei que talvez não tenha feito a coisa certa. Maria não ficou feliz como eu imaginei. Eu me lembrei de novo de que eu tinha uma mulher, eu me lembrei de novo de que estávamos em um espaço da universidade. Se fosse flagrado pela câmera, ou se um estudante, ou mesmo Maria reclamasse contra mim, eu perderia o meu trabalho. Não, não, não, por que eu tinha feito isso? E dei um tapa na minha bochecha, fazendo mais estudantes me olharem.

Eu não podia pensar sobre isso quando os meus alunos já estavam perto, onde eles podiam ver que algo estava errado. Mas não podia deixar de pensar nas consequências da minha ação. Será que eles me mandariam à oficina agora? Será que eles tomariam o meu prêmio? Será que eles ligariam para a minha mulher? Que bobagem tinha sido isso, e tudo fui eu que fiz, o idiota.

Nesse momento, prestes a enfrentar a aula, com cerca de dez alunos indígenas de dez diferentes tribos, que vieram a mim, nas horas de expediente, no meu tempo livre, perguntando o que deveriam fazer quando sentissem que tinham sido tratados diferentemente por seus pares, eu não podia fraquejar. Eu tinha certeza de que algum deles me cumprimentaria sobre o prêmio, e, após, o resto da aula me cumprimentaria, para parecer atento. Eu seria um mau professor se eu lhes saudasse com a culpa do meu pecado, eu seria um mau modelo para eles, também.

Toda aquela emoção quanto ao Jair ou à Larissa teria de esperar. Lembrei-me do que eu lhes disse quando reclamaram sobre a discriminação: "Você é humano primeiro, e as coisas menores não importam, contanto que você se sinta bem consigo mesmo". Depois, abri a porta da minha sala de aula e sorri para os alunos como faria em qualquer outro dia, e disse a eles com minha voz mais corajosa:

— Bom dia, gente.

E eles ressoaram, como um coro:

— Bom dia, senhor.

Ser homem, um bom homem, é um dos maiores prazeres do mundo

Eu não sei muito sobre o que as mulheres pensam, e também acho que não me importo muito em tentar entendê-las, mas, para poder pensar com o meu pau, é legal. O pau me guia para as pessoas de quem eu gosto, enquanto minhas bolas fazem com que eu tenha o poder contra as pessoas de que não gosto. Não aja como se eu fosse o primeiro homem a pensar assim. Eu definitivamente não sou, mas talvez eu seja o primeiro a dizer isso em voz alta. Uma outra coisa boa sobre a minha vida: eu vivo em uma ilha. Se houver lugares com areia mais limpa, palmeiras mais verdes e vento mais fresco do que em São Tomé, por favor, mostre-os para mim. Eu não tenho viajado como os mochileiros que vêm a esse país, mas, vendo-os de relance, posso perceber essa coisa, que eles tinham encontrado poucos países belos como São Tomé. É bom para mim, porque isso é o meu país. Aliás, não pense por um segundo que não quero viajar. Já vi muitas coisas na internet, e há muitas coisas que não estão em São Tomé, como grandes montanhas verdes que ondulam como as ondas do oceano, ou o deserto, a savana, coisas que existem nos nossos países vizinhos da África, mas muito mentalmente para pessoas como eu.

Eu diria que essa seria a grande razão pela qual eu sempre procurei os turistas, salvo a necessidade óbvia de dinheiro. Os homens e as mulheres do meu tipo costumam esperar na frente dos hotéis, abordando quem sai. Alguns homens perguntam a homens e mulheres, mas eu tentei com um homem uma vez, e realmente não gostei. Não é porque as mulheres não suam, porque não importa quanto perfume elas usam, o suor delas impregna desde a pele até o lençol. Nem estou a me queixar, porque eu gosto do suor de uma mulher. Falando dos homens, é algo sobre nossa metodologia na cama, sempre agressivo, sempre egoísta. Acho que é gostoso para as mulheres quando eu sou assim, mas, para mim, não suporto a dominação.

Assim, sabendo do que eu gosto, eu pergunto às mulheres sempre. Aprendi bem que, quando viajam, as mulheres podem ficar muito excitadas. Algumas são casadas, algumas são mais velhas que minha mãe, algumas são mais novas do que eu uns cinco ou seis anos, mas eu já estive com todas elas. E, a falar sobre quem paga melhor, não importa a idade. Eu costumava ser o tipo de cara que fingia não querer dinheiro e pedir depois do ato, mas isso me causou muitos problemas. Então, agora, no momento em que falo com qualquer uma dessas garotas turistas, eu coloco o meu melhor sorriso, tento fazê-las sentir-se gatinhas, e então eu lhes digo o quanto eu quero. Cinquenta euros, oitenta dólares, mas estou disposto a baixar o preço para uma menina fofa.

Se eu tivesse que chamá-la de linda garota, teria sido uma mentira. A mulher tinha mais de 40 anos e mostrava a idade na pele esticada sobre o rosto, na aparência de seu cabelo, em seu tipo de corpo, quase com o jeito de um esqueleto. Eu também podia perceber que ela era europeia. Americanas e brasileiras andam com mais energia e mais confiança. Ela tinha algo do Velho Mundo ligado à sua pele, e isso não podia desaparecer. Apesar disso, ela queria aprender e saber tudo de países como São Tomé, mesmo que estivesse aqui apenas por um dia. Não a apreciei na época em que a conheci, mas, com certeza, agradeço-a, por muitas razões.

Falei muito, e falei nada. Deixa-me explicar a situação. Eu estava em frente a uma pousada no centro. O seu nome não é importante, mas é perto da igreja cor-de-rosa a que minha tia vai, e do outro lado há um pequeno mercado, e alguma construção que muito provavelmente nunca se vai terminar. Ela saiu de bermuda, uma camisa polo preta e uns chinelos de estilo brasileiro. Eu apenas pensei que ela parecia do tipo que tem dinheiro. Eu andei até ela, sorrindo.

— Olá, garota bonita. Aonde você está indo?

Ela sorriu e disse com um sotaque bem português:

— Eu não estou indo a lugar nenhum onde você deveria saber.

Eu mudei meu estilo de falar:

— Rapariga, não fales assim. Sabes que estou cá para te ajudar em todos os contextos.

Eu toquei seu braço da maneira que fez a maioria das meninas tremer. Ela parecia como se estivesse na boa.

— Não estou interessada, obrigada.

Era algo sobre o jeito que ela falou. Não era o "não" típico europeu, que disse "não" com muita firmeza e quase com raiva de minha existência. Não foi o educado "não" de um americano que escondeu um aborrecimento profundamente enraizado na situação. Ela disse "não" de forma muito inocente, quase como uma criança a dizer "não" aos pais, ou o "não" entre amigos íntimos. Foi muito diferente. Foi por esse motivo que perguntei:

— Que buscas?

Ela perguntou se eu poderia dirigir um tuk-tuk. Eu disse-lhe que podia. Ela pegou um mapa e disse que queria ir a algumas das praias, mas não gostou dos preços que o hotel deu para o táxi. Ela leu on-line que, no preço local, a viagem deveria custar entre 100.000 e 200.000 dobras. Ela me perguntou se eu poderia levá-la.

No início, eu argumentei:

— Não, não. Isso não é o que eu procuro. — E então: — Por que não passas uma noite comigo primeiro e depois vamos ver? — E depois: — Não, não, isso é muito barato. Precisas pagar muito mais do que 5 euros para viajar a tão longe.

Mas havia algo diferente entre nós. Quando ela me disse que tinha um salário no Brasil e isso não dava muito, soava honesto. Quando ela disse "Eu só durmo com homens da minha idade", foi quase como uma piada. E ela também me tocou, como amigo, mas eu senti algo com o toque. Quero dizer, eu gostava do toque de uma mulher, e o seu corpo contra o meu corpo na cama, mas porque era divertido. Sobre o jeito que ela me tocava, era como eu imagino que as pessoas se sentem depois de receber uma massagem. Eu não sei. Eu gostei de algo nela, e fazia-me pensar, "Ok, ok, está bem. Vamos". Também gostei da aventura, também gostei de tirar um tempo dos amigos. E não era como se uma parte de mim não pensasse em maneiras de enganá-la no caminho. Pensei em fazê-la dar pequenas viagens para aumentar os custos, pensei em levá-la para os lugares em que meus amigos trabalhavam, para que pudéssemos aumentar o preço e dividir o dinheiro depois. Eu não fiz nada disso. Liguei ao meu amigo e pedi o seu tuk-tuk. Ele dirigiu-o a mim, e, depois, eu guiei-a.

Eu brinquei:

— Eu não sou treinado para ser um guia turístico.

Ela brincou:

— Eu não sou treinada para ser uma boa turista.

Depois de uma boa risada, perguntei de onde ela era. Ela disse que era de Portugal, mas morava havia cinco anos no Brasil e era professora no Rio. Perguntei o que ela estava a fazer em São Tomé. Ela disse-me que estava de férias em Portugal e gostava de visitar um novo país toda vez que voltava. Ela nunca tinha ido a São Tomé; então ela estava lá. Eu disse-lhe que ela escolheu bem. As palmeiras abraçaram a terra até o ponto em que pouco era visto, mas, na brisa do ar fresco, no cheiro da vida intocada pela gasolina e pela poluição, ela simplesmente tinha de olhar para fora do tuk-tuk para concordar que, sim, a vida era boa ali.

Eu perguntei se ela já tinha visto melhores praias. Ela hesitou por um momento e depois disse:

— Pois Florianópolis também tem praias impressionantes.

Eu não tinha nada a dizer sobre isso. Depois de algum tempo, perguntei quantos anos ela tinha. Ela disse 45. Ela perguntou quantos anos eu tinha. Eu disse que tinha 18 anos. Ela disse que poderia ser minha mãe. Eu ri e concordei, mas disse a ela que minha mãe não era tão bonita. Ela falou que eu não deveria dizer isso sobre as mães, e então corou. Eu perguntei seu nome. Ela falou:

— Finalmente lembraste de perguntar isso. Pois eu sou a Maria, a Maria Fernandes de Porto. E tu?

Eu costumava dar um nome falso, mas disse:

— Eu sou João Sousa de São Tomé.

Demos um aperto de mãos.

Maria falou:

— Um bom aperto de mão português, isso.

Eu brinquei de volta:

— Uma torção muito fina da língua, isso.

E então fiquei sério e falei para mim mesmo:

— Certamente é bom viajar. Não é algo que todos nós possamos fazer. Alguns de nós temos mães que nos querem estudando muito, e alguns de nós temos irmãs que precisam de nossa ajuda para conseguir fundos para uma educação. Se ao menos houvesse uma maneira de sairmos também...

Eu suponho que isso vinha da parte de mim que ainda procurava conseguir algo dela. Ela percebeu e começou a gargalhar.

— O quê, o quê? — Ela se recompôs, a dizer: — Essa foi uma boa frase. Você deve usá-la com todos os turistas. Bonitinha, muita bonitinha.

Algo sobre o jeito que ela disse "bonitinha" fez partes diferentes do meu corpo formigarem.

Nós fizemos uma pausa em nosso caminho. Eu estava com fome e ela queria usar o banheiro. Nós achamos um restaurante que abraçou o litoral e sentamos lá. Eu pensei que a vista era decente, mas ela tirou fotos com um smartphone antigo, do estilo que eu tinha. Depois foi usar o banheiro, e eu esperei-a. Discutimos o que havia para comer. Enquanto esperávamos, não conversamos muito. Vinha outro turista, também com motorista, e também falava em estilo europeu. Tenho notado que as pessoas têm duas reações quando identificam pessoas de sua nacionalidade. Há pessoas que imediatamente se abrem e falam sobre tudo como se ninguém mais estivesse lá, e há pessoas que se ignoram, porque não queriam ser identificadas primeiramente por sua nacionalidade. Entre eles, vi os dois estilos. Maria falou algo a mim, e a outra menina percebia que o sotaque era igual ao seu, e perguntou a Maria de onde vinha. Maria respondeu, e a outra menina foi rápida em se apresentar, a perguntar a Maria da sua viagem e falar toda a impressão que tinha do país. As impressões foram boas, eu fiquei feliz ao ouvi-las, mas Maria, além de responder a essas perguntas, ficou silenciosa. A energia depois da sua conversa foi pior de como foi quando nós estávamos sozinhos. A comida veio, comemos, e eu fui à casa de banho também.

Quando eu voltei, Maria e essa menina agiram de forma diferente. Elas se sentaram uma ao lado da outra e se inclinaram para perto uma da outra. Essa era a postura de melhores amigas quando fofocavam sobre alguma coisa e, assim que me viam, se distanciavam. Durante o restante da refeição, elas conversaram com carinho e não olharam nem para mim nem para o motorista. Tentei falar com ele, mas não era do tipo falador. Ele era muito mais velho também, provavelmente uma pessoa chata. A conta foi recebida e Maria a pagou por mim. Quando saímos, fiz uma piada:

— Em São Tomé, o homem paga pela mulher.

Eu esperava que ela brincasse de volta, mas, em vez disso, entrou pela porta dos fundos do tuk-tuk e olhou alguma coisa no telemóvel. Estávamos prestes a começar a dirigir e ela apontou-me alguma coisa.

— Eu te disse que queria ir para o Sul. Nós estamos no Norte. Olhe para esta praia aqui. Olhe onde estamos. São lugares diferentes. Por quê?

Porque eu não prestava muita atenção, eu não era um motorista profissional e gostava da nossa conversa e esqueci completamente o que Maria queria ver. Eu não podia dizer isso e ela não queria que eu falasse em primeiro lugar.

— Deverias levar-me ao Sul. Leva-me lá, agora.

— Desculpa — falei, e fomos a essa direção. Maria estava zangada. Era no jeito que ela curvava seu corpo para longe de mim, como cruzava os braços, como encarava a natureza, como se quisesse queimar tudo. Eu entendi que Maria estava tendo pensamentos muito violentos, e por isso ficou em silêncio. Eu não gostei quando ela ficou em silêncio. Não foi divertido para mim e tentei fazer piadas. Ela não respondeu e, finalmente, por consternação, perguntei:

— Por que não falas comigo? Eu te pedi desculpa. Não foi feito por intenção, prometo.

Ela não estava a falar, mas da maneira que alguém que realmente queria falar estava a se controlar. Nós cruzamos alguns quilômetros e o cenário mudou do litoral para a densa palmeira.

— Esta menina, Magdalena, ela disse-me que era boa em ler as pessoas, e informou-me que me querias machucar.

Quando Maria disse isso, fiquei muito bravo, como se pudesse machucá-la.

— Realmente achas que eu te quero machucar? — gritei. — Por que eu estaria levando-te a toda a ilha se eu te quisesse machucar? Eu teria te levado para um hotel para a violar.

— Porque é o que tu normalmente fazes?

— Cadela idiota, não. Eu faço as mulheres implorarem por isso, eu faço as mulheres gritarem por isso, eu faço elas me arranharem até que não possam mais aguentar. Eu não preciso violar. Eu posso conseguir o que eu quero sem isso.

Eu mostrei a ela meu pau, que com a raiva ficou duro. Ela gritou, eu olhei para Maria e gritei de volta. E então nós nos olhamos um ao outro por tanto tempo que a luz ficou branca, e eu imaginei que estava a beijá-la, e sabia que uma parte dela me queria beijar também, e Maria sabia que eu não queria fazer qualquer coisa de ruim, eu realmente queria fazê-la feliz, porque algo sobre ela me fez feliz, algo que uma pessoa jovem como eu de um país pobre como São Tomé jamais tinha sentido.

Quando acordei, eu estava em um quarto de hospital. A luz era muito brilhante, ainda mais do que a luz dentro da minha cabeça, e eu gritei, e eu queria vomitar. A enfermeira estava a dizer a alguém que eu estava consciente de novo. Percebi que estava em uma sala com outras pessoas inconscientes ao meu redor e o cheiro de várias formas de morte.

A primeira coisa que fiz foi perguntar o que tinha acontecido. A enfermeira esperou até que eu estivesse completamente atento, e depois ela disse que tinha acontecido um acidente grave com um caminhão. Eu senti a dor nas minhas pernas e braços, e os ossos quebrados por todo o corpo, e eu gemi "Onde está Maria?".

— Quem? — perguntou a enfermeira, e eu repeti, "Maria". Ela perguntou mais uma vez: — Quem é Maria?

Eu queria dizer à enfermeira que Maria era uma turista de Portugal, mas ela era muito mais do que isso, ela era engraçada, ela era esperta, ela era genuína, ela foi a primeira mulher de que eu realmente gostei.

Antes que eu falasse, a enfermeira tinha um vislumbre de algo nos olhos, que depois ficaram tristes.

— Estou triste em dizer que a mulher que tu estavas a levar pela ilha, ela está morta graças à sua direção imprudente.

E, depois, voltou a tomar meus sinais vitais.

Eu não pude deixar de pensar o seguinte. Primeiro pensei sobre o governo e o que eles iam fazer comigo. Eu provavelmente seria acusado de matar uma turista, e iria pegar as piores sentenças que o tribunal poderia dar. Eu ia passar o restante da minha vida na prisão, e minha irmãzinha teria que encontrar outra maneira de conseguir dinheiro para entrar na faculdade, minha mãe ia morrer de dor no coração. Esses pensamentos assustaram-me, e eles fizeram a dor no meu corpo pior, mas eu senti algo horrível ainda, algo profundamente alojado no meu peito.

Foi a culpa. Maria tinha sido uma das pessoas mais maravilhosas que eu já havia conhecido, e eu fui a razão pela qual ela conheceu a morte. E essa dor, essa sensação, foi pior do que qualquer outra coisa com que Deus poderia ter me amaldiçoado pelos próximos sessenta anos.

Eu achei que nunca poderia viver comigo mesma, mas, depois de alguns meses, adquiri a coragem necessária e aprendi

Ao voltar ao meu país, explicar as sensações que me invadem quando eu desço do avião e os meus pés sentem a minha terra é uma das coisas mais difíceis a fazer. No avião, eu tinha sido tomada por um pavor quando tive de lembrar que estava a voltar para casa de novo. Após chegar ali, eu tinha de ouvir minha avó passar seu tempo a reclamar do Novo Mundo, e passar duas semanas em um quarto que só me lembrava que eu o tinha superado em tamanho há anos. Para passar o tempo, como fiz quando estava a voar a Bancoc ou Buenos Aires, eu conversei com o passageiro ao meu lado. Era outro viajante, mas da Inglaterra, indo a Porto pela primeira vez. Eu tinha ido a mais de setenta países em todo o mundo, ele tinha viajado a cerca de dez, e todos na Europa. No entanto, nós dois compartilhamos a ânsia de experimentar o mundo e compreender culturas que não eram nossas. Isso foi para mim a questão que demarcou a turista e o viajante; seria o caso de que queres ir lá realmente aprender ou ias lá só porque tu querias relaxar?

Entre nós, eu suporia que a principal diferença era que, quando eu saí do avião, percebi que uma parte de mim se sentia relaxada e aliviada. Não era algo consciente. Eu simplesmente senti uma energia que quase tirou minha pesada mochila das minhas costas, massageou meus ombros e me disse: "Esta é a sua terra, bem-vinda de volta". E supus que me sentiria bem ao ver meu irmão e meu pai me buscarem. Quanto à tradição, eles levaram-me do aeroporto para casa. Ambos estavam ansiosos por fazer perguntas sobre a minha viagem.

— Como foi em São Tomé?
— O que fizeste lá?
— Tiraste muitas fotos para nós?

Também no espírito da tradição, eles repletos de energia perguntariam isso aleatoriamente e com pouca concentração, e eu apenas daria uma resposta simples, sabendo que eles quereriam a resposta complicada quando já estávamos em casa, a comer. O meu pai dirigiu, o meu irmão sentou-se ao meu lado e viu as fotos. Olhei para as coisas que me faziam reconhecer a mim mesma. Os azulejos azuis sobre as paredes, o amontoado de prédios antigos que avistávamos enquanto atravessávamos o rio Douro a chegar ao nosso subúrbio, o cheiro industrial com o aroma fresco e salgado do mar da manhã.

E, depois, voltei ao meu lar físico e fui inundada por todos os sentimentos de nojo que o Porto me causava. Foi quase claustrofóbico ver nossa casa. Naquela parte da cidade, os prédios pareciam um único prédio, uma linha reta cortada e dividida por forma e tamanho. Nossa casa era um desses blocos, um prédio de dois andares ao lado de um prédio exatamente igual ao nosso, mas paralelamente. Os dois eram brancos como uma casca de ovo, os dois tinham cortinas brancas sobre as janelas e os dois tinham uma porta de metal que rangia fortemente quando era aberta. Eles eram como os gêmeos feios desses filmes de terror que olham assustadoramente a distância. Eu tive que morar em um lugar assim.

O meu pai lutou para encontrar as chaves para abrir a porta, e o meu irmão teve de ajudá-lo a procurar em seus próprios bolsos. Finalmente, eles as encontraram no baú perto da minha mala. Meu pai riu de tudo e disse:

— Magdalena, fico desajeitado quando não estás na casa.

Eu conheço o meu pai há vinte anos, tempo suficiente para que soubesse que minha existência tinha pouco a ver com a sua falta de jeito. A minha mãe ouviu-nos e abriu a porta.

— Ah, Magdalena, é tão maravilhoso ver a minha filha preciosa. Pareces tão diferente. Trocaste nosso penteado?
— Ela veio me abraçar e beijar, e depois repreendeu o meu pai. — O Hélder. O que estás a fazer? Esqueceste as chaves de novo? Queres embaraçar nossa filha de novo?

Meu pai riu e simplesmente levou minhas malas para dentro. Tive a sensação de que minha mãe não tinha feito um comentário inocente. Ela fez uma referência muito direta a uma queixa que eu tinha feito sobre eles há alguns anos. Minha mãe sempre se lembrava desses comentários que eu fazia e os usava contra mim. Quantas vezes que tinha pedido desculpas, e ela as aceitaria? Realmente, não. Pronto, o meu estômago resmungou.

— Esse não é o som de uma boa mulher. Toda essa viagem estraga-te. Eu não sei por que nós te deixamos fazer isso.

Desta vez meu pai não interrompeu e falou mais uma vez para mim sobre seus próprios desejos de viajar pelo mundo. Chegamos à sala. Parecia como sempre, como uma coleção de tapeçarias e cadeiras de diferentes séculos da história de Portugal, e no canto apodrecido de tudo estava minha avó, assistindo à televisão, sentada sobre uma cadeira ainda coberta por um lençol.

— Magdalena voltou — minha mãe disse. Ela olhou para mim, sorriu, e falou: — Magdalena, volta Magdalena. Assistimos aos desenhos de que gostas, Magdalena.

Ela estava a referir sobre outra briga entre nós, mas isso tinha acontecido em uma época de que eu nem lembrava. Eu gostava dessas novelas importadas do Brasil, e fui assistir a alguns capítulos. Enquanto nos sentávamos lá, meu pai descascava maçãs e servia-as para mim, ele pediu:

— Fala mais sobre a tua experiência em São Tomé.

— Pois eu estive lá por uma semana, e nos primeiros dias fiquei no capital. Na capital não há muito a fazer, e comecei a viajar pela ilha. O resto, tudo normal.

Não queria falar que fui enganada quase o tempo todo, porque minha avó estava por perto e queixaria-se de tudo. Para mim, foi normal ser enganada em um mercado ou nas negociações com um motorista de tuk-tuk, e mesmo nos restaurantes ou nas lojas oficiais da Vodafone, onde tentaram dar uma desculpa que me faria pagar mais. Embora eu não falasse sobre isso, a minha avó comentou como se eu tivesse me queixado:

— Eu não sei por que sempre vais a esses países pobres e incivilizados. Sofres tanto, não é bom europeus irem lá.

A lembrar desse tema, eu falei ao meu pai:

— Ah! Aliás, eu deveria falar sobre ela. A Maria. Foi professora no Brasil por muitos anos, era muito fixe. Pai, eu quero ser uma pessoa como ela na sua idade. Mais de 40, confiante, experiente e bonitinha, ainda com a alma de viajante intacta.

A minha avó tossiu como se tivesse engolido alguma coisa.

— Absurdo. Quem é essa Maria do absurdo? Nessa idade, deves ser casada e com filhos. — Medonha que eu protestasse imediatamente, ela falou a minha mãe e disse: — Joana, fala com sua filha. Ela disse tolices de novo.

A minha mãe veio da cozinha e disse:

— Eu já tentei falar com ela. Qualquer tolice que ela diga agora é simplesmente dela.

Uma outra vez, ela viu-me, como se fosse um desafio. E como eu era a Serena Williams, essa tenista dos Estados Unidos, olhei para ela, com os dois dos meus olhos vivos.

Então o almoço estava pronto. Como foi esperado, ela havia feito caldo verde, pastéis de bacalhau e pastéis de nata. Ela sempre gostou de fazer a mais tradicional comida portuguesa, como se quisesse me dizer "É isso que deves comer, e comerias isso por toda a tua vida". Honestamente, eu gosto bastante de nossa cozinha, e quando viajei longe, aos países asiáticos, sempre sentia falta dessa comida. A parte dominante do meu ego queria fingir comer mais devagar como se eu não gostasse nada do sabor, mas eu tinha dormido pouco no avião e isso me deixava mais faminta do que o normal, e minha mãe sabia cozinhar, temperou o peixe no tempo exato para que o gosto de mar saísse um pouco.

— Ela come como um porco, e não como mulher. Todas essas viagens a estragam. Eu não sei por que deixas que ela faça isso.

O meu irmão voltou do quarto a perceber que estava atrasado e que nossa avó se queixara de novo de mim. Ele começou a comer de forma semelhante e perguntou-me:

— Achas que as praias de lá são melhores que as praias daqui?

— Eu não sou turista de praia — respondi, e estava prestes a dizer que o que havia me interessado era a cultura, as experiências das pessoas, e a vida delas, a vida inteira, e complexa, e difícil, e real. Pronto, o meu irmão tinha 15 anos e pensava em futebol, praia, meninas, nada mais. — Mas, sim, as praias eram lamacentas como se fossem feitas de massa, e não havia ninguém lá, então dava para nadar sozinha.

— É perigoso fazer algo assim, Magdalena. Os meninos vão observar tudo nas sombras e pensar no que os meninos pensam.

Apenas nisso meu pai e minha mãe concordaram com a minha avó e falaram:

— Sim, Magdalena. Não vá sozinha assim a esses lugares. Não sabes o que eles farão contigo.

— Quem nessa família viajou, viu o mundo? Eu. Eu sei mais do que pensas.

Se eles tivessem dito isso de outra maneira, eu teria concordado.

— E porque tens viajado, porque os teus pais deixam-te usar o seu dinheiro a conhecer o mundo — disse minha mãe, pensando que estava a me fazer lembrar dos seus sacrifícios. Isso não foi como o ano anterior, eu não tinha paciência a dizer de novo "Sim, mãe. Eu me lembro todo dia do quanto trabalhas para mim, e sempre sinto muita gratidão". Eu era a sua filha, e era uma parte da responsabilidade dos pais cuidar dos seus filhos. Eu não era uma deficiência, eu estava a viajar e a aprender.

— Porque tenho viajado, eu tenho visto como o mais pobre da humanidade sofre, eu tenho experimentado o sofrimento real que eu não experimentaria se passasse todo o meu tempo aqui.

— Mas — interrompeu minha avó — se tu passasses mais tempo aqui, tu terias uma licenciatura, tu terias uma educação, e um trabalho. Achas que todo esse conhecimento te ajudaria na minha idade? Não, o dinheiro pode, não as experiências.

E ressoando de novo, a minha mãe completou:

— Olha, Magdalena, a tua avó está certa. Eu e o teu pai estávamos a falar e achamos que tens de voltar à universidade. Tens 20 anos.

— E em dois anos vi setenta países, fiz coisas que uma pessoa da minha idade em geral nunca faz.

— Que é bom, querida. Fizeste muito, e estou muito orgulhoso, mas, sim, elas têm razão. Achamos que seria melhor que este setembro próximo tu te inscrevas para de novo estudar.

Isso foi dito, aliás, pelo meu pai, que nunca falou assim. Eu enfrentei-o com olhos marejados enquanto eu dizia:

— Acreditas nisso, pai?

— Sim.

Quando eu ficava com raiva, era melhor que ninguém me visse. Eu poderia quebrar as coisas, eu poderia gritar e dizer muitos insultos. Acabei de sair da mesa, e eles me disseram para voltar, mas eu tinha ouvido tudo isso, e eu queria sair. Saí de casa. Não, não era suficiente, e minhas pernas estavam a tremer, elas tiveram que se mexer. Andei pelo subúrbio, subindo e descendo por aquela rua estreita, aquelas casas que pareciam o lixo de uma verdadeira subdivisão, os prédios abandonados, a sensação de que nada poderia vir morar aqui de novo, e mesmo assim eu seria forçada a vir aqui de volta, porque eu não tinha meu próprio dinheiro, porque eu precisava dos meus pais mais do que eu deixei transparecer. Comecei a pensar em como poderia viajar e ganhar. Comecei a pensar em qualquer trabalho que pudesse ajudar. Nenhuma ideia. Eu sabia um pouco de inglês, mas não o suficiente para ensinar. Eu não fui educada o suficiente para ter um trabalho melhor. Era horrível, era como se meu mundo estivesse acabando na minha frente e eu tivesse que ir mais longe, eu tinha que atravessar a colina e andar, eu tinha que ver vizinhos que me reconheciam e queriam falar, mas eu não fiz isso. Não disse oi, eu simplesmente andei. Meu telefone tocou e eu não atendi. Minha cabeça doía, e eu não conseguia pensar.

Eu lembrei dos meus planos de finalmente ir para a Coreia e tentar fazer autênticos *kimchi*, ou *bibimbap*, ou o que quer que eles comessem. Eu poderia tentar raciocinar com meu pai mais uma vez. Não, era tarde demais. Eu deveria ter tentado falar com eles quando sugeriram que eu fosse para a escola. Eu deveria ter dito a eles sobre o albergue que eu queria abrir em Ko Samui, eu deveria ter tido algumas ideias de negócios para lhes propor. Eu havia podido fazer com que acreditassem em mim. Em vez disso, agi como uma adolescente, não como uma adulta.

Tonta, tonta, tonta. E, como uma tonta cansada e maldormida e ainda faminta, não sabia se tinha sido um presente de Deus ou porque eu sempre tive um bom radar para comida, mas, diante de mim, havia um restaurante africano, ao estilo de Moçambique. Eu nunca tinha experimentado a comida moçambicana. Quando eu estava a crescer no Porto, via esses lugares e pensava que eram sujos e tinham uma comida que me deixaria doente. Após viajar, comecei a desejar diferentes tipos de comida e, percebendo que eu não tinha realmente experimentado a comida de Moçambique, era como se eu fosse capaz de viajar no meu próprio país, e gostei mais da minha pátria do que dos lugares europeus mais ricos. Esses restaurantes davam a sensação de serem similares aos que existiam no país de origem. Por exemplo, no restaurante a que fui logo que saí de casa, a iluminação era ruim, a mobília era rudimentar, a decoração parecia ser uma coleção de enfeites da casa de seus donos colocados ali. Não vi nenhuma pintura de estilo africano ou máscaras, não ouvi nenhuma música tribal, simplesmente algumas mesas cobertas com toalhas coloridas, com a rádio portuguesa ligada. A garçonete olhou seu telemóvel e não prestou atenção em nada.

— Olá — falei, e ela virou para a porta e depois piscou como se estivesse acordando.

— Bem-vinda — cumprimentou, ainda a olhar para seu telemóvel.

O programa a que assistia estava em volume alto. Era em português, mas misturado com uma linguagem que eu não entendia. Eu fui ao seu lado e observei-o por um momento. Ela olhou para cima e escondeu o telemóvel.

— O que eu posso fazer por ti?

Seu sotaque era de Moçambique, mas eu tinha visitado muitos países africanos. Normalmente, eles tinham um problema em deixar as outras pessoas olhar o que eles olhavam. Ela então tinha hábitos europeus, e isso me fez odiar o lugar um pouco mais. Eu ainda queria comer algo. Ela deu-me a ementa, e eu perguntei:

— O que é isso? Não, eu não quero frango. E isso? Matapa... matapa... parece fixe. Olha, vocês têm aquelas formigas fritas? Eu acho que todos comem em Moçambique. Eu quero experimentar.

— Alexandre, ela quer uma matapa — avisou a garçonete, e voltou a olhar para seu telemóvel. Eu tentei perguntar a ela o que era matapa e como era cozida, mas a jovem falava pouco. Eu decidi andar pelo restaurante. Como já disse, era um lugar bastante simples na aparência, mas tinha uma parede onde havia fotos.

— Essa seria uma foto tua, não? — perguntei.

Ela não tinha as extensões de cabelo que tinha agora, e estava vestida de forma diferente, como uma adolescente, jeans e camisa, mas eu poderia dizer que era ela sentada no canto inferior esquerdo, sob o menino que estava a jogar com a sua cabra de estimação. Havia outras fotos também, em frente aos prédios de Maputo, uma cena típica de onde imaginei ser sua vila, mas sempre havia essas oitos pessoas, um arco-íris de gente velha e nova.

— Eles são minha família, sim — falou, mas de um modo que fez parecer que ela queria tirar as fotos e cortá-las na minha frente. Eu poderia entender o que significa odiar a família.

— A família é uma merda. Eu não sei por que é que Deus faz com que todos nós tenhamos que estar na companhia de pessoas que nunca nos entenderão. Será uma de suas torturas? Se assim for, eu fui torturada o suficiente.

Ela não estava a olhar o seu telemóvel. Pensei que eu estava a dizer algo que foi relatável, e eu segui a falar.

— Os meus pais só pensam em dinheiro, só pensam no mundo deles. Eles nunca sobreviveriam se deixassem o Porto. Por que o mundo tem que ser sobre dinheiro? Se tivermos o suficiente, por que isso não é suficiente?

Eu olhei a garçonete novamente e me perguntei se ela tinha o suficiente. Ela não estava bem-vestida, e a maioria dos imigrantes que chegavam à Europa em grande parte tinha sofrido. Eu considerei que deveria falar sobre outra coisa. Eu livrei-me desse pensamento e, em um esforço para cumprimentá-la, falei:

— Que bom que o mundo tem pessoas como nós, que vão a outros países, que querem crescer.

E, nessa hora, ela finalmente me interrompeu:

— Eu não escolhi me mudar do meu país. Eu vim para cá porque foi o que os meus pais quiseram, para o meu futuro, e para o futuro deles. Não há um único dia em que eu não deseje não estar aqui. Eu amo meu país, amo meus parentes e quero voltar. — Ela estava sorrindo, mas eu senti uma parte dela chorando quando continuou: — Tenho saudade de todos eles.

Para minha surpresa, sentei-me e, compelida por uma forte emoção, falei:

— Eu também.

Honestamente, eu também sentia falta dos meus pais e do meu país e, na maior parte do tempo, eu partia porque sabia que era um fracasso para os dois.

Sentamo-nos ali, nas cadeiras, olhando apenas para o sentimento que pulsava dentro de nós, até que a comida chegou, e fomos forçadas a seguir em frente.

Eu queria falar com ela, mas a distância entre nós não permitiu

Nada é igual em nossa cidade, mas qualquer coisa é diferente quando a filha vive afora. Talvez Maputo sempre esteve a desenvolver-se, ou, talvez, o presidente sempre tenha sido um bom líder. Ha-ha. Uma brincadeira, mas, sim, temos razões para pensar que nosso mundo tinha avançado, como a ponte que foi construída entre Maputo e Katembe, ou como os novos negócios que estão a chegar de afora. Realmente o nosso povo tem muito a esperar, mas quem pode pensar nisso quando há filhos afora? A filha, no Porto, e o filho, em Londres. Seria bom se todo vizinho me cumprimentasse. "Opa, eu tinha dito a minha Luísa para candidatar-se em universidades afora, mas ela não é inteligente como os teus filhos" ou "Viver afora. Nem todo mundo tem essa oportunidade, mas tu tens dois filhos a ganhar o dinheiro. Parabéns". Dez anos atrás, eu teria energia para cumprimentá-los de novo e fazer elogios sobre a sorte. Hoje em dia, fico feliz que, embora não tenha filhos em casa, a minha bengala ainda funciona. Ha-ha. Porque é fácil conseguir uma bengala a funcionar, é mais fácil que ter um relacionamento com certas pessoas.

O Adil Samuel, ele era um rapaz, rapaz em todo o sentido da palavra. Jogava futebol toda a vida, e não pensava em nada seriamente. Me surpreendeu que ele tenha conseguido chegar a Londres com uma bolsa. Olhei para os papéis e pensava: "O meu filho, com essas notas, chegara ali?". O seu problema era que, como rapaz, não foi sentimental, e por essa razão não pensava em seu próprio país, ou em sua família. Eu, seu pai, nunca recebi notícias dele, mas ele tentava me ligar uma vez por mês. A minha filha era o oposto. A Germelia Samuel não era esperta, não tinha boas notas também, mas nunca cultivou um talento que a fizesse se superar. Ela conseguiu chegar a Portugal porque eu liguei para o meu tio que morava lá e pedi um favor, pedi para ela trabalhar no seu restaurante. Ela compensou-me por isso sendo extremamente comunicativa comigo. Ela escrevia-me e-mails todo dia, e falávamos uma vez por semana. De vez em quando, eu ficava tão energizado após nossa conversa que eu chamaria a Patrícia a falar com ela. Germelia tinha de me lembrar de que a minha mulher havia falecido três anos antes, e eu diria-lhe, no espírito de brincadeira, a ocultar a minha depressão profunda, que me lembrei, e que eu não estava prestes a desenvolver Alzheimer, e todos nós tínhamos uma parte do espírito de Patrícia depois de passar uma vida inteira com ela. A minha filha revelaria algum pensamento triste, nós fingiríamos refletir sobre isso e voltaríamos a falar sobre a nossa vida diária.

    Duas noites antes, ela não me ligou, mas ficava ocupada de vez em quando, como os turnos de trabalho no restaurante nunca eram estáveis. Ontem, eu esperei que chegasse qualquer mensagem dela, porque, embora fosse ocupada, ela nunca foi uma pessoa que ignorou as mensagens. Eu vi que ela estava a ver o seu WhatsApp aleatoriamente, em horas estranhas, uma vez, por exemplo, às onze e meia e, outra vez, por volta das quatro. Isso não era normal para ela. Ela olhava suas mensagens toda hora, se não a cada dez minutos. Eu pensei que ela explicaria tudo durante nossa chamada telefônica. Mas eu, esperando no meu recanto perto da minha janela, onde pela noite se podiam ver os arranha-céus da cidade sem a sujeira da rua de baixo, ela não conseguiu receber as minhas chamadas, e eu liguei a televisão, tentando me distrair com essas novelas horríveis que as garotas adoravam. Pela primeira vez em décadas, a minha filha não me atendeu.

Sonhei com coisas horríveis pela noite. Eu imaginava bandidos portugueses encurralando-a na rua com facas e obrigando-a a se despir. Depois, eu vi-a gritar por seu pai e vi facas a sair de sua garganta, e seu corpo, apesar de estar completamente cortado, rastejar na direção da minha porta. Acordei com o pescoço completamente suado. Eu tirei a minha camiseta, deixei o suor escorrer de mim, cobri os lençóis, e depois fui tomar banho. A eletricidade não estava a funcionar, e eram por volta de quatro da manhã; tinha de fazer tudo na escuridão. Por um momento, pensei na sorte que os meus filhos tinham de viver em países desenvolvidos com nada desses problemas, mas, imediatamente depois, lembrei que não sabia nada sobre o estado da minha filha, e com a água fria sobre os meus ombros, eu tremi.

O dia passou, e o dia tornou-se hoje. Como qualquer pessoa aposentada que vive sozinha, eu não tinha muita distração, e passava quase toda a manhã a pensar sobre a minha filha. Eu tentei ligar três ou quatro vezes, e, como imaginava, ela não atendeu. Eu liguei para o Adil Samuel, e ele também, como eu imaginava, não respondeu. Deixei alguns palavrões em seu correio de voz, e depois de uma hora ele me ligou.

— O pai, por que falas assim? E sabes que horas são aqui em Londres?

— Foda-se! Isso é mais importante que qualquer hora que seja aí. Onde está a tua irmã? Ela anda desaparecida já há dois dias.

— Talvez ela tenha a sua própria vida e queira estar metida nela.

— É pah! Isso não é fazer um discurso. Eu estou muito preocupado com ela.

— Pois ela não se comunica comigo, como eu não me comunico com ela. Se ela tivesse algum problema, seria o problema dela. Tchau.

E ele desligou. Que pirralho egoísta! Ele não se importava com sua própria irmã? Ele não se importava que seu pai estivesse preocupado? Ele teve a sorte de ter tudo pago para si em Londres. A nossa Patrícia ficaria tão chateada no céu olhando que um de seus ovos deu vida ao mais sujo dos corvos. Eu chamei seu nome algumas vezes, falei com ela na minha cabeça. Depois disso, eu tive a coragem de pensar claramente, mas pensar claramente demorou alguns minutinhos. Então voltei a imaginar o estupro da minha filha, ou o seu sequestro.

Pensar sobre essas coisas e estar sozinho em casa foi uma tortura. Eu decidi sair. Apesar de o centro parecer perto da vista da minha janela, o subúrbio era longe. Eu vivia perto de um mercado. De fato, do outro lado dessa esquina ficava a vendedora de peixe, que se podia cheirar não porque era perto, mas porque as gaivotas furtavam os peixes e atiravam a cabeça deles por todos os lados. E também tinha bastante lixo na rua, lixo humano, não das gaivotas. Enfim, havia muito cheiro por todos os lados, mas não estava afora para observar isso, eu queria ir à casa do senhor Sá. Atravessei o mercado e fui ao complexo de apartamentos do outro lado. A viagem foi simples, e o elevador do complexo funcionou, então não tive de me esforçar com as escadas. Eu bati sobre a porta delicada do seu quarto, e ele atendeu. Abriu bem os olhos para me saudar.

— O Samuel. Que fazes cá? Não há o que dizer, vim, vim. Não esperava um convidado hoje, o quarto está bem sujo, e eu não liguei para a empregada.

— Fazes bem, Pedro. A casa tua ainda parece melhor do que a casa minha. Ha-ha-ha.

Eu disse isso como brincadeira, mas realmente, para uma casa supostamente suja, a casa dele era muito mais limpa do que a minha. Seu chão iluminava com a luz do sol, não se podia ver mancha nenhuma, nem na cozinha, nem na sala de jantar. A sala também estava limpa, mas foi porque os sofás ainda estavam cobertos em plástico. Quando eu sentei, o plástico fez o som de um peido. Eu comecei a rir, mas nem um músculo dos lábios de Pedro se moveu. Ele finalmente falou:

— Então, meu amigo, tudo bem?
— Sim, sim. E contigo?
— Sim, sim. — Ele balançou a cabeça, olhando para a frente com uma chispa nos olhos. Eu também comecei a balançar a cabeça, pensando no que podíamos falar.
Ele perguntou:
— Tudo bem com o Adil? E com a Germelia?
— Sim, sim — respondi. Primeiro, silêncio. E segundo, o fogo. — É pah, tudo de horrível está a acontecer. A minha filha nos últimos dois dias não falou nem uma palavra comigo.
— O meu amigo, e o mesmo comigo, e a minha filha vive em Maputo mesmo! Eu não sei quantas vezes lhe tinha ligado neste dia só. Acho que ela tinha um bebê e isso deveria tomar todo o seu tempo. E eu percebo, eu ligo porque eu quero ajudar! Um avô deveria ajudar os seus netos, né?
— Sim, sim. Mas, o Pedro, o problema que eu tenho é pior...
— Como é pior? O Samuel, olha. A minha filha vive em Maputo. Não Londres, não Hong Kong, a Norte daqui, a uma distância de nove quilômetros. E ela age como se isso fosse o outro lado do mundo. A família deve estar unida. Tantas vezes que eu tenho perguntado se eu poderia viver com eles, e não recebo resposta nenhuma. Estou bem prestes a vender esta casa, esta casa suja e fracassada em que nada funciona.
Outra vez, ele tinha eletricidade que funcionava, e tinha uma dessas televisões americanas que funciona com o toque e responde à sua voz. De fato, ele tinha muitas coisas boas, e se ele realmente quisesse ir a casa de sua filha, eu pensei

se poderia dar algumas daquelas coisas a mim. Pronto, isso não foi o tópico do momento. Eu disse de novo:

— Olha tu, Pedro. A minha filha fala todo dia comigo, e nos últimos dois dias ela não falou palavra nenhuma. Não achas que isso é estranho?

— Ela trabalha muito no seu restaurante, né? Talvez ela tenha estado mais ocupada. Ou talvez ela tenha um namorado e não queira falar disso contigo.

— A minha Germelia é pura! — gritei, e foi a vez dele de rir em voz alta:

— Ela é uma adulta de 27 anos; não sabemos o que ela faz.

— E agora não é hora de falar disso. Digo-te, há algo estranho no ar. Um pai pode perceber quando algo anormal aconteceu aos seus filhos. Não é algo que todo pai percebe, mas eu percebo, sim.

— Eu também — falou Pedro, e seus olhos se agitaram, um olhar de medo. — Então realmente achas que algo mal aconteceu a ela?

— Sim.

— Como estupro, ou sequestro, ou pior, quando eles cortam os seus dedos um por um e fazem a pessoa comer...

— É pah, Pedro! — gritei de novo. — Isso não é um episódio de uma das novelas que tu vês. Ela realmente está em perigo.

Não tinha água, mas inalei o ar como se estivesse deixando de pensar nessas coisas terríveis que realmente haviam podido lhe acontecer. Pedro serviu-me algo para beber, mas suas mãos se agitaram, ele suspirou bastante antes de dizer:

— É difícil viver sem a Patrícia, né? Eu penso todo dia na minha Mafalda e nas nossas três filhas. Três filhas, e nenhuma delas lembra o trabalho duro que fez o seu pai...

— O Pedro! Concentra-te, faz favor!

— Eu estou a concentrar-me mesmo! Olha! — E bateu na porta da sala. — Andreia! Andreia! Vem aqui um segundo.

— Tu tens outros convidados em casa?

— Uma — falou, e ela veio. Parecia uma garota da idade da minha filha, mas era diferente, havia algo no ar que me fez pensar que ela não era uma de nós, era estrangeira. Pedro falou:

— Cumprimenta o meu melhor amigo perto da rua 25 de Setembro.

Ela deu um sorriso e falou:

— Olá, senhor, tudo bem?

As minhas suspeitas foram confirmadas. Ela era portuguesa.

— Sim, sim, estou bem. Quanto tempo tens estado em Moçambique?

— Uma semana. Volto a casa hoje à noite.

— Bem-vinda. Os teus pais moram lá ou cá?

— Eles moram lá, e eu nasci lá também.

— Sim, sim. — Eu percebi. — E onde vocês moram?

— No Porto, em Portugal.

É pah, ela era a sobrinha que viveu na mesma cidade que a Germelia.

— Olha, lembras dessa rapariga de que falava o teu tio, ela chama-se Germelia e vive também perto de ti.

Ela disse "Sim, sim", mas com olhos escuros; parecia falar apenas para ser educada.

— Pois eu estou muito preocupado com ela! Sabes que ela fala comigo quase todo dia, e desde segunda-feira não entra em contato. Acho que algo mau aconteceu.

— Como estupro, ou sequestro.

— Deixa, Pedro, deixa!

— O Porto, aliás, é uma cidade muito segura — interrompeu sua sobrinha. Isso não foi a coisa que eu queria acusar, eu disse-lhe que qualquer cidade pode ser segura ou perigosa, mas eu conhecia a minha filha, e, se ela não falasse comigo, era porque algo poderia ter lhe acontecido. A jovem percebeu, e escreveu para minha filha no seu telemóvel, e fez a promessa de tentar falar com ela assim que chegasse lá. Eu fiquei mais tranquilo ao saber que haveria alguém por perto que pudesse ajudar.

E com essa energia alentando-me, eu me senti mais confortável para tagarelar. Essa sobrinha, Andreia Gomes, foi exatamente como a sua mãe, a quem eu conheci em 1992, e lembrei-me fortemente dela, porque era estranho ver mulheres com opinião em Moçambique, e a irmã de Pedro tinha sido uma dessas exceções. Ela tinha muito a dizer sobre a política, inclusive de Moçambique. Eu ouvi-lhe completamente impressionado pelo fato de que uma estrangeira soubesse tanto de nós, e pensava que os seus pais deviam ter-lhe ensinado muito sobre o seu país materno. Eu lhe disse, nem de mentira, que ela conhecia a situação de nossa corrupção melhor do que muita gente que nasceu aqui.

Ela nem pensou no elogio e continuou a discursar. Fiquei ouvindo-lhe sem pausa, até que deu cinco horas.

— Que tarde! Acho que vou para casa. Obrigado a todos. Lembra de contactar a minha filha, por favor.

— Fiz uma promessa, né? — falou, no tom exato do Senhor Sá. Foi impossível não sorrir, e, quando ela me perguntou por que eu estava com aquela careta, respondi:

— Porque de vez em quando a mudança não faz todas as semelhanças desaparecerem.

Foi uma frase abstrata, nem Pedro nem sua sobrinha entenderam, e eu não estava com paciência para explicar, eu estava com sono. Cheguei a minha casa, com toda a intenção de dormir um pouco e depois ver televisão.

O cheiro da casa estava diferente. Eu não era uma pessoa sensível a aromas, mas havia algo feminino em casa, o perfume, e isso me faz lembrar da minha Patrícia. E a pensar na minha Patrícia, a forma na sombra foi quase igual a ela. A mesma altura, a mesma ondulação de cabelo, a mesma sensibilidade. Eu sou cristão, e não creio nada nos espectros. Mas um tinha chegado a minha casa.

Seu nome era Germelia, e só tinha de olhar o seu rosto com o meu nariz inchado e os meus olhos desfocalizados para sabê-lo. Eu fui abraçá-la.

— A minha Germelia, a minha Germelia! Que fazes cá?

— Foi uma boa surpresa, né? Pois eu sentia muita saudade de vocês e queria voltar. O pai, tu não sabes manter essa casa. Tem manchas por todo o chão, tem manchas em partes onde eu nunca pensei que haveria manchas. Como fizeste tudo isso?

Não importava o que ela dizia, a minha filha estava em casa. Eu afaguei as suas bochechas.

— Ah, filha, que milagre que estás aqui! Que tonto que eu fui. Eu pensei em todas as coisas ruins que pudessem te afetar, e simplesmente estavas em viagem. Eu vou ter de ligar ao Pedro agora, foi tudo um erro.

— O Pedro? — perguntou minha filha. — Por quê?

— Porque eu disse à sobrinha dele que tinhas sido sequestrada e...

— Sequestrada? Eu, sequestrada? Por que eu fui sequestrada? Eu não gosto dela por nada. Por que achas que eu deveria falar com ela? Tu achas que sou tão frágil que preciso de alguém cuidando de mim? O que pensas de mim?

— Olha, eu não queria dizer isso. Eu queria dizer simplesmente que foi uma surpresa estares em casa... aliás, por que estás aqui? Sei que a sobrinha de Pedro está em uma folga entre trabalhos, mas agora não deveria ser época de férias em Portugal.

— Pois... pois... eu deixei o trabalho.

— Tu fizeste o quê? Tu sabes quantas vezes eu falei com o meu tio a assegurar esse trabalho?

— E por isso ele entendeu que realmente eu queria voltar a casa.

— Mas precisamos do dinheiro.

— Mas eu preciso de ser feliz! É pah, tu não percebes uma coisa sobre os teus filhos, né? Tu achas que tu podes usar-nos para realizar os teus sonhos? Pois eu não queria ir afora. Eu queria ficar em casa, contigo. Foda-se, estou zangada. Vou quebrar uma coisa, mas não posso... não posso, ah!

Ela foi ao seu quarto, batendo a porta com força. Eu gritei:

— Tu não deves quebrar coisa nenhuma. Tu sabes quanto eu tinha de trabalhar para manter esta vida!

E, depois, a minha voz tranquilizou, e inalei ar completamente novo ao saber que minha filha estava de novo em casa.

Embora fosse difícil, ela era a única pessoa que me mantinha ligado a essa terra

Quando eu a conheci, minha mulher, ela ficou surpresa por eu mal falar português. A seu ver, o Timor-Leste era um país lusófono. Fomos parte da mesma família? Porque eu não falava. Eu tinha de lhe ensinar que o Timor-Leste era um país que tinha sido colonizado pelos portugueses, mas hoje em dia falávamos mais nossa própria língua. Há três razões por que eu falo português agora. Primeiro, o meu pai era português; eu sou uma mistura entre português e timorense, e por essa razão eu tenho essa cor alaranjada, o mesmo cabelo crespo e encaracolado da minha mulher. Segundo, estudei no Porto; assim, eu conheci a Andreia, o Rui e muitos outros amigos com quem eu falo de vez em quando. Finalmente, me casei com a Andreia, e falamos normalmente em português, porque ela não fala a minha língua, e eu não falo bem o inglês. Nem ela, aliás. O nosso filho, o Taur, cujo nome foi inspirado pelo homem que era primeiro-ministro quando do seu nascimento, fala esses três. Eu gostaria que ele pudesse falar melhor o tétum ou o português; acho que o inglês algum dia poderá ser a sua língua dominante. Mas Taur tem muitos talentos. Joga futebol como o Cristiano Ronaldo, faz os melhores desenhos de borboletas e fala três línguas aos 7 anos de idade. E agora não sei do que eu quero falar, sobre as minhas inseguranças, sobre ter casado com uma mulher estrangeira mesmo sendo cidadã de um país conservador como o Timor-Leste, ou sobre o orgulho que sinto do meu filho.

Eu tenho falado bastante de mim. E, realmente, não quero dizer que qualquer mãe gosta de falar dos seus filhos, mas a maioria das mães, sim: podemos passar dias e noites sem dormir ou sem fazer nada, contando a qualquer estrangeiro detalhes sobre nossas crianças. Era uma coisa que eu nunca tinha entendido antes de ser mãe e não posso explicar o porquê. E, para pessoas normais, é fácil falar sobre qualquer realização delas, pequena ou grande, mas sua boca fica fechada quando há problemas na família ou quando eles falecem. Eu não gosto disso. Acho que temos de confiar no lado positivo da gente e falar sobre qualquer coisa. Isso foi o valor que eu ensinei ao meu filho, e a Andreia também, embora ela ainda seja bastante reservada.

Vou falar um pouco mais sobre mim antes de começar a contar minha história. Vivemos em uma vila perto de Díli, onde eu e minha mulher trabalhamos para uma ONG, onde nosso estilo de vida é bastante aceito e celebrado. Vivemos em meio ao luxo, porque trabalhamos com os alemães, e ganhamos muito mais do que a grande maioria da população do país. Eu mando todo mês uma parte do meu dinheiro aos meus pais e aos meus irmãos. Faço um bom trabalho nas vilas e nas aldeias rurais do país. Talvez esse seja o meu arrependimento, porque a vida em Díli é bastante difícil para nós. Não podemos falar que somos um casal lésbico facilmente, a menos que queiramos palavras duras e, às vezes, gestos violentos por parte da comunidade. Eu quero voltar a Portugal, mas Andreia gosta da vida aqui, e acha que aqui é a sua casa. Eu me sinto feliz por poder ficar em contato com os meus pais e a minha família, que não me aceita, mas nos tolera, e trata o nosso filho como qualquer membro da família. Além disso, não acho nada em Díli bom e preferiria estar a beber vinho perto do rio Dourado e dançar sobre as suas calçadas qualquer dia desses.

Nosso filho também sofre muito. Ele realmente tem uma personalidade forte. Qualquer insulto que façam nem entra em suas orelhas, e Taur não tem problema algum em expressar seus pensamentos e opiniões. Um dia, ao falar conosco, contou que tinha muitos amigos e era bem popular na escola. Sempre acreditamos que era assim. Ele nunca trazia amigos para casa, e íamos a suas partidas de futebol, onde a multidão o aplaudia como aplaudiria qualquer outra criança por marcar gols. E nós gostávamos mais de nosso tempo sozinhos. Como já disse, vivemos quase em uma mansão pelos padrões locais, e foi bastante fácil nos isolar, a ver os filmes na televisão ou jogar nós três em casa.

Taur era bastante homem dentro de seu conceito de gênero, aliás. Embora com pouca idade, ele acreditou em nunca demonstrar emoção, em manter amizade com outros rapazes da sua idade, e inclusive em falar palavrões sobre mulheres, algo que tivemos de ensinar que não era certo. Eu aprendi da realidade dura do meu filho no dia em que ele voltou para casa chorando. Eu estava extremamente preocupada e liguei para pedir a Andreia para ir para casa. Ela disse que estava ocupada a trabalhar em seu relatório, e eu tive que gritar: "Ei! Isso é muito importante! Nosso filho está a sentir-se horrível!".

Ela chegou um pouco mais tarde do que eu gostaria, mas, quando viu que realmente não tinha sido um exagero meu, que o nosso Taur estava a chorar tanto que o seu nariz ficou vermelho, ela subiu e perguntou:

— Meu amor, meu touro, que está a acontecer contigo?

Ele estava angustiado, nem podia falar, e, ao tentar falar, misturou o português com o inglês e o tétum de um jeito que nenhuma de nós podia compreender.

— Calma-te, calma-te — disse Andreia de novo. — As tuas mães estão aqui para ti.

Algo nessa frase fez Taur guinchar e depois choramingar. Graças aos seus gestos, eu percebi que o seu problema tinha algo a ver com isso, e perguntei:

— Taur, as outras crianças disseram algo ruim sobre ti?

Ele balançou a cabeça e resfolegou. Eu perguntei que foi, e Taur olhou afora. Andreia chegou a dizer "Meu amor, estamos aqui para ti", mas não teve efeito algum sobre ele. Isso fez a Andreia ficar em pânico, e ela começou a falar ansiosamente:

— Taur, ô Taur, somos as tuas mães. Tu és a pessoa mais importante da nossa vida. Fazemos tudo nessa vida para ti. A vida nossa é a vida tua. Tens de nos dizer o que aconteceu agora.

Tudo isso fez Taur chorar mais, e eu disse a minha mulher:

— Por que tu estás a dizer coisas assim a uma criança de 7 anos?

— Porque é a verdade, e ele deve saber.

— Tua mãe disse coisas assim para você quando tinha essa idade?

— A minha mãe era moçambicana. Ela falava pelos cotovelos.

Ele ficou nesse estado e por isso não pudemos falar nada. Eu tentei ligar a alguns amigos de Portugal e um psicólogo a que eu ia durante uma época. Enquanto falávamos, Andreia e Taur começaram a ver a televisão. Vi que ele se tinha acalmado, e decidi que seria melhor sentar com eles e fingir que assistia também. No filme, havia um pinguim que tinha sido maltratado por andar diferentemente dos outros. Nosso filho assistiu ao filme com a intensa atenção que qualquer criança dispensa até chegar a cena em que o pinguim estava a balançar-se e caiu, e todos os outros pinguins apontaram para ele e riram.

— Que *fag* — disse Taur.

Andreia gritou:

— O quê?

E Taur respondeu:

— Ele é um *fag*.

Andreia rapidamente rebateu:

— Amor, não falamos coisas assim nesta casa, nunca.

Taur falou em voz cantada:

— *Fag, fag, fag.*

Andreia esbofeteou-lhe.

Eu gritei:

— Andreia, não faça isso!

— Há algumas palavras que nunca se fala, e *fag* é uma delas.

Entrementes, Taur falou:

— Todos os *fags* têm o que eles merecem. Uma bofetada não é nada. Não é nada...

Eu segurei o meu filho e disse:

— Taur, nosso amor, conta-nos o que aconteceu.

Ele ainda não foi capaz de falar, e continuou a assistir ao filme. Depois de um certo momento, ficou chateado e perguntou se poderíamos jogar futebol. Contrariando os estereótipos, nenhum de nós tinha talento para esportes, mas tentamos incentivá-lo a praticar quando podíamos.

— Vamos jogar assim — disse ele. — Vocês duas ficam aí. Você finge ser o goleiro. Agora, eu vou chutar.

— Ei, que fazes? — falou Andreia. — Taur, não chute a bola em mim.

Ele chutou a bola em círculos e fingiu que alguém o havia bloqueado e chutou na direção de Andreia uma vez mais.

— Eu disse para não chutar a bola em mim. Dói!

— O filho de *fags* merece apanhar! — gritou, e voltou a chutar a bola na direção do jogador invisível.

Andreia estava prestes a falar, mas eu fiz um sinal com o dedo para indicar que era eu quem falaria.

— Taur, posso jogar essa partida também?

Para confessar mais uma coisa, eu não tinha talento algum para jogar futebol, mas queria jogar aquela partida. Eu tentei driblar, e cheguei perto do meu filho, decidi chutar a bola. Então falei:

— Os *fags* merecem sofrer!

— Sim, sim — concordou.

— Eu quero jogar água quente na cabeça deles!

— Não, não! Eu vou roubar a comida do almoço deles. Eu quero cuspir noz de betel neles. Eu quero tirar a roupa de baixo e mostrar como o pau deles é pequeno comparado ao dos outros garotos.

— Taur! — exclamou Andreia. — Eles fazem o quê? Quando? Taur, diga-nos!

Eu também estava abalada após ter ouvido aquilo, mas Andreia imediatamente chorou; para tentar se controlar, falou:

— O pênis de qualquer criança seria do mesmo tamanho. Isso é assédio. Devemos relatar ao diretor. — Depois ela se virou para mim e falou: — Disseste que se tratava de uma escola internacional. Eles teriam os padrões de uma escola internacional. Como isso é internacional? Que tortura isso é para uma criança!

Nada disso ajudou Taur. Nós éramos as mães dele, mas ele sentiu que, quando olhavam para nós, não éramos melhores que aquelas crianças da escola. Não era lógico, não era fácil entender, mas eu era uma criança que era diferente antes e no mesmo país. Eu percebi.

Meu pai era português, mas não era muito aberto, não era muito compreensivo, bebia bastante e morreu ainda jovem. Decidi contar algo a Taur que gostaria que meu pai tivesse me contado quando eu tinha a idade do meu filho.

— Taur, tu tens ainda 7 anos. No próximo outubro, terás 8. Tu és muito jovem para pensar sobre pessoas assim. Elas não vão te tratar sempre bem, isso infelizmente. Mas olha a tua mãe nos olhos. Tu antes estavas dentro de mim. E o teu pai, o Rui, ele vive ainda em Portugal, mas ele também é de ascendência timorense. Tu és uma pessoa de Timor-Leste. Este é o nosso país. É um buraco, tem muitos problemas, mas é o nosso país. Não vai melhorar se agirmos como se não fôssemos fortes. Temos de ser diferentes, orgulhosamente. Torne-se forte, meu filho. Não nos músculos, não na carne, aqui.

E eu indiquei minha cabeça. Andreia sorriu, mas havia algo no que eu disse de que ela não tinha gostado. Ela também se inclinou na direção do nosso filho e pediu para falar:

— Taur, sei que eu não sou biologicamente a tua mãe. Isso é algo que me causa muita dor emocional, mas sinto que eu sou a tua mãe, cem por cento. Eu te amo, meu filho, e me dói quando tu sofres assim. Acho que devíamos ter criado-te em Portugal, onde terias sido mais feliz, mas, de alguma forma, a vida nos trouxe aqui. Saiba disso. Não quero que penses que a tua vida é apenas em Díli, meu amor. Tu também és do mundo de Eça de Queirós, do fado, e dos papos de anjo. Também pertences às danças de Maputo, à língua cisena e à comida matapa. Pode ser que algum dia pertenças ao Rio de Janeiro, ou talvez a algum lugar mais próximo, como Singapura. Mas saiba disso, meu amor, pertences às tuas mães, e pertences a ti mesmo e pertences ao mundo. Contanto que ames estes três incondicionalmente, conhecerás a felicidade.

Nós não fomos abraçá-lo. Ele abraçou-nos. Taur não chorou, não falou nada, mas, para ele, isso foi bom, mostrou que estava emocionalmente mais estável. Olhei para a minha mulher com o mais profundo amor e senti que a amava tanto, e que toda a dor, toda a humilhação e toda a luta dentro de mim valeram a pena, porque eu estava com ela. Eu beijei minha esposa e beijei o meu filho.

E depois pensei: "O mundo é grande, meu filho. Avança".

Esta obra foi composta em Minion Pro 11 pt e impressa em
papel Pólen Soft 80 g/m² pela gráfica Meta.